この人に聞きたい青春時代

筒井康隆
清水義範
落合恵子
立松和平
中村敦夫

鹿砦社編集部＝編

この人に聞きたい青春時代

【鹿砦社】

はじめに

鹿砦社編集部

いま、時代は過渡期にある。二十一世紀はどのような時代になるのだろうか――。

かつて、時代時代に過渡期があった。このささやかなインタビュー集に登場される方々は、日本が激動の時代にあった一九六〇年代から七〇年代に、時代の波に翻弄されながら青春時代を過ごされた方々である。個性的、といっては失礼だが、まさにそうとしか表現できない青春時代の志を持続されて今日に至っている。「持続する志」とは、かの大江健三郎のエッセイ集のタイトルにもなっている、かつての流行語だが、私たちにとって、いまでも合言葉にしたい言葉だ。

過渡期にあって迷い道をさまよっている若いみなさん、また、かつて同じ時代を共にした方々に、本書を贈りたい。懐古趣味にふけるのではなく、明日への確かな道標とするために――。

この人に聞きたい青春時代／もくじ

筒井康隆

【第一章】旧きをあたためて新しきを生む

～「小説オタク」だった少年時代～

筒井康隆（つつい・やすたか）

一九三四年大阪生まれ。五七年、同志社大学文学部を卒業し、工藝社勤務を経て、デザインスタジオ「ヌル」を設立。六〇年、ＳＦ同人誌『ＮＵＬＬ』を発刊、同誌一号に発表した処女作『お助け』が江戸川乱歩に認められ『宝石』八月号に掲載された。六五年、上京して専業作家となる。以後、精力的にＳＦ作品、エッセイ、戯曲などを発表し、八一年には泉鏡花賞を受賞するが、九三年九月、出版社・新聞社の言葉の自主規制に抗議し、断筆を宣言。九六年からはインターネットのホームページを開設し、その中で『天狗の落し文』『越天楽』などを発表する。九七年一月、文藝春秋、新潮社、角川書店の各社と覚書を交わし執筆を再開、『邪眼鳥』（新潮社）を発表する。以後、現代小説の新しい方向を提示し続けている。

一九九九年十月十三日、神戸市垂水区の自宅にて

挫折感は、必ず後で役に立つ

――　私が先生の作品に一番最初に接したのは、ちょうど大学一年の頃でして、昭和四十五年、一九七〇年なんです。万博の年に地方から出てきまして、同志社大学に入学しました。そして、最初に入った下宿に何人かいた同期の新入生の一人が、『欠陥大百科事典』を貸してくれたんです。

筒井　ああ。『欠陥大百科』。

――　一晩で読んだと思うんです。同じ同志社出身の作家の作品で、おもしろいからおまえも読んでみろ、と言われて読んだのが最初でした。それ以来、先生はいろいろ話題を振りまかれたり、ベストセラーを出されたりして、私としては気がかりな作家として注目してきました。しかし、同志社大学って、そんなに作家を生み出すような風土じゃないですよね、いまも。そういうことも含めて、私なりに筒井先生に関心を寄せていました。

それと、最近の話では断筆宣言ということがあって、これには私なりに共感するところがございまして。まあ、文学論といったら私も底が知れてますもので、違う方角から一度話をお伺いできたらなということで、今回のインタビューをお願いさせていただきました。
まず、筒井先生は、高校から大学の学生時代をどのように送ってこられたのかを聞かせていただければと思います。演劇青年だったということを巷間言われてますし、それがどんな学生時代だったのかなと……。

筒井 そうですね、まあ、いまおっしゃったように、ずっと演劇青年ではあったわけですけれども、これはもう中学時代から演劇部の部長でしたから。高校でも演劇部部長をずっとやっていました。

―― 先生が所属されていた同志社小劇場っていうのは、いまでもありますよね。

筒井 ああ、ありますね。

―― 私らの学生時代もあって、私もよく観ていたわけですけれども。

筒井 劇研っていうのがあって、それから同志社小劇場があって、それから私の頃には第三劇場というのがありましたね。

―― いまでもあるようですよ。私らのときにもありました。

筒井 あっ、そうですか。劇研がどっちかといえばブルジョワ演劇みたいなことをやっていて、第三劇場が左翼系、小劇場がその中間ぐらいですかね、ちょっとディレッタント気味のものをやっていたんですけれども。そこにいながら一方で、私は青猫座という劇団に所属してましたねえ。大学時代はもう、青猫座時代と言ってもいい感じでした。

――演劇一色だったんですね。いちおう職業としての役者志望だったということになりますでしょうか。

筒井 そうですね。ただ、いつ頃あきらめたんでしたか、大学二、三年ぐらいでもうあきらめていたんじゃないですかね。

――そうなんですか。

筒井 もともと同志社ではなく、早稲田の演劇科へ行くつもりでね、卒業の前の夏休みに上京して願書までもらってきていたんですけれども。でも、いまでもそうでしょうが、同程度の私立大学の中で、同志社の試験がいちばん早いんです。二月の十七日に決まっちゃうんですよね。

――その頃ですよね。いや、もうちょっと後ですかね。

筒井 ああ、十七日が試験かな。とにかくその月のうちにもう決まっちゃって、そうしたらもう早稲田へ行く勉強をする気がなくなりましてね。それに入学式までに二カ月もありますからね。その間、じゃあお芝居の勉強を本格的にしてやろうと思って、関西演劇アカデミーというところへ行って、勉強したんです。でも、そこで思い知らされたのは、やっぱりアクセントはもうどうにもならないということです。アクセント、イントネーションですね。いま、アクセントがめちゃめちゃな人はたくさんいますけれど、それはもう、当時はうるさかったんですよ。

―― やっぱり標準語に近くないと厳しかったのでしょうか。

筒井 ええ、標準語でなければだめとかね。それでもう絶望的というか……。でもいちおう、日活のニューフェイスの試験は受けに行きましたけどね。それに落ちた頃からもうあきらめたのかな、役者として。

―― 実は私も、本当は美大とかに行きたかったんです。で、まあ、高校の二年ぐらいまではデッサンを一所懸命やったりと、勉強していたんですが、やっぱり世の中には上には上がいるもので、あるとき自分よりすごい上の才能の人間がいて、もうこいつには勝てないと思いましたね。そいつは多摩美に行ったんですけど。まあ、先生に比べて私のほうがあきらめるのがもっと早かったんですね。

筒井　ああ、そうですか。それで、美学専攻だったんですか。
――私はあまり言いたくないんですけれど、英文科なんですよ。
筒井　では、鞍馬画会とかそういうところへお入りになったんですか。
――いや、入ってないです。大学へ入ったらすぐ文学研究会、通称文研に入ったんです、一時ですが。
筒井　で、完全に絵はもうそこであきらめた。
――そうですね、もうあきらめましたね。文研もすぐやめてしまいましたが……。
筒井　いまになって思うんですけども、あのとき一所懸命芝居の勉強をしましたけどね、それは必ず後で役に立つんですね。何でもいいんですね。どんなつまらないことでも、他の連中がやらないぐらいとことんのめり込んだら、そのときはものにならなくても後で必ず何か役に立つ。
――そうですね。そのときはやっぱりすごい挫折感を感じて、俺はなんなんだ、と思ったりもしますけど、それが五年先になるか十年先になるかはわかりませんが、なんらかの形では生きてくると思いますね。
筒井　挫折感とその反動で、ことさらにそこから遠ざかってしまうということもあるけれども、でももともとは好きだったわけなんだから、つかず離れずでずっと好きでいつづければ、必ずそれは何か役に立つんですよ。

――べつに自慢するわけじゃないんですけど、私は小学一年から高校三年まで、図工、美術がすべて五なんですよ。けれど、やっぱり世の中にはもっと上の人間がずいぶんいて、私らよりすばらしい絵を描くのに、やっぱり食えない画家というのは画壇にいるわけです。だからどこかで見切らないとだめかなと。それに、自分には他に違う道があるんじゃないかなとも思ったわけなんです。

筒井 僕も絵は好きでね。中学校は演劇部でもありながら美術部にいたし、高校でもそうでした。あと、絵は自分でもちょこちょこと描いたりしましたけど、絵を集めるのも好きなんですよ。ミレーやドーミエの絵を買ったりしてね。その影響で今度は息子が絵が好きになって、武蔵美を卒業して、絵描きになっています。話題の新人ですよ、いま。だから、そういうことで自分が好きだったら、どこかに影響が出て、何かプラスになるということですね。

――そうですね。

筒井 特に、芝居の勉強なんていうのは、それはもう、その後どんな職業に就こうが、必ず役に立つんですね。例えばサラリーマンになったとしても、相手の表情をちょっと自分でまねしてみれば、何を考えてるか想像できたりですね。そんなことだけじゃなくても、いろんな意味ですごく役に立つんですね。

――そうですね。だからどんな小さいことでも、やっぱり徹底してやればどこかで生きると思いますね。

筒井　特にいま小説が売れなくなっているでしょう。僕の本にしても売れなくなってきているんですね。だから、他の作家は推して知るべしですよ、まったく売れない。で、聞いたところじゃ、名前を言えばだれでも知ってるような老大家が生活保護を受けている。そういう状態ですよ。

――一時、大江健三郎さんでも、まあ、ノーベル賞受賞よりちょっと前ですが、業界のうわさでは初版三千部とか……。これが本当かどうかは定かじゃないけれど、それに近い部数じゃないかなというふうには思いましたね。

筒井　瞬発的にはベストセラーに入るんですよね、一週間か二週間。好きな人だけがいっせいに買うから、一週間か二週間はベストセラーでも、その後はまったく売れない。他に買う人がいないからですね。だから僕なんかでも、小説ばっかり書いていたとしたら、収入は三分の一、四分の一ぐらいですね。

――いやあ、そんなことはないでしょうけど。

筒井 いえ、いまは収入維持してますよ。芝居をやっていますから。

――それと、テレビのＣＭなどにも出ていらっしゃいますよね。

筒井 あれも演技ができるからやっているんですね。

――なるほど。

筒井 「芸は身を助ける」って言いますが、本当によく言ったもんですよ。それがなかったら、本当にもう、収入維持できてないですね。

――今回、取材の申し込みをするときに、所属事務所がホリプロだということを聞きまして、本当に意外な気がしたんですが。

筒井 あれは、僕の世話をしたいとあちらから言ってこられたので、助かりましたけど。

――ちょっと話はそれてしまいますが、ホリプロなんかは、上場して、やっぱり旧来の芸能界のイメージを払拭するというのか、近代化路線をとっているんでしょうね。なにかそういう、いままでじゃ考えられないようなことを、ずいぶんいろいろやっていますよね。私は芸能界の近代化のためにはいいんじゃないかなと思います。いまだに昔からの、いわば神戸芸能社みたいな世界がずっとあって、その対極にやっぱりホリプロの近代化路線というのがありますよね。

筒井　神戸芸能社っていうのは知らないですね。

――神戸芸能社というのは、山口組がやっていた……。地方に行けばあの世界がまだあるんですよね。まあ、表向きは昭和四十年代に警察につぶされたといわれていますが。

筒井　あ、美空ひばりが世話になったりなんかしたやつですね。

――ええ。まあ、話がそれてしまいましたけど……。

筒井　いや、そういう話のほうがおもしろい（笑）。

――では、ジャズとの出会いとか山下洋輔さんとの出会いっていうのを聞かせていただけますか。

筒井　ジャズとの出会いは中学時代ですね。なんていうか、SFが日本へ入ってきたのはもうちょっと後なんだけれども、ジャズとSFは似てるところがある。スイングジャズ全盛期、名曲がたくさん出たのは、日本で言えば戦前、戦中あたりなんですよね。それが戦後になって、ＳＦもジャズもどっと日本に入ってきたわけなんですよ。で、僕は先に入ってきたジャズ、スイングジャズに夢中になったんですね。それからしばらく後でＳＦ。だから、第二次世界大戦中にＳＦの黄金時代っていうのがアメリカであって、それが、戦後だいぶ経ってから日本へ入ってきた。そういうところが似てますね。

最初、僕は山下君のことを知らなかったんですが、彼の方から会いたいと言ってやって来たんです。

―― それは何年ぐらいのことですか。

筒井 昭和四十年ぐらいですかねえ。

―― 山下洋輔さんが結構有名になったっていうのは、昭和四十年代の終わりぐらいですかね。

筒井 いや、四十年代の中ごろじゃないですか。病気をして出てきて、それからフリージャズになって、で、たちまち名をあげましたからね。

―― そうですね、本当にたちまちという感じでした。私が大学に入った頃、京大の西部講堂なんかでも演奏して、自主制作のＬＰ（第二章の立松和平氏らが関与＝編者注）

を売っていましたよ。いまになって、あれ、買っときゃよかったなと思うんですけど、当時はそんなに売れなかったっていう話ですね。じゃあ、山下さんとは結構長いお付き合いになりますね。

筒井　ええ、もう長いですね。

――声をかけてこられたときは、まだ、山下さんも無名だったということですか。

筒井　そう、いちおう演奏活動はしてたようですが、その後すぐ病気になって、入院しちゃいましたからね。その間会えなくなって、退院してトリオで出てきたときには、もう有名になっていたんです。

――そうですねえ、もう押しも押されぬ人気ですよね。

筒井　新宿のピットインという伝説的なジャズ喫茶でやってまして、そこへよく聴きに行きました。ただごとじゃなかったですね。要するに当時のアングラ系の文化人が、皆集まってるんですよ。これはなにかすごいことになるんじゃないかと思いましたね。モーツァルトの周りに文学者がいっぱい集まったように、ちょうどあれと同じような現象じゃないかっていう気もしましたけれど。

わが学び舎・同志社大学

――話が戻りますが、先生が大学に入ったときが昭和二十八年、その頃には第三劇場もあったんですね。

筒井 ありましたね。

――第三劇場なんかは、やっぱり六〇年代の後のアングラ的なイメージがあって、時代性もあって……。

筒井 アングラではなくて、がりがりのプロレタリア演劇でしたね。

――私の時代はもうアングラみたいな形になってたような気がします。

筒井 ああ、そうですか。

――ええ。だけどずいぶん長く続いているんですね。

筒井 じゃあ、アングラに変更したんですね。アングラ路線に変更したから長続きしたんでしょう。

――まあ、いまでも小劇場もずっとありますし、結構ああいう学生演劇の世界も、そういうふうに継続していくんだなって思いますね。

筒井　小劇場の後輩に末広真季子がいます。彼女も小劇場出身ですね。

――そうなんですか。私らの学生の頃は、末広真季子というと結構売れ出してきて、大学からそんなに有名人が出ないから、誇るべき先輩のように思っていました。

話がまたそれちゃいますけど、同志社大学はいま、前のキャンパスから奈良県境の方に移転してますよね。この間久しぶりに京都へ行ってみたんですが、今出川キャンパスの方は学生がほとんどいないんですよね。でも、文化財になっていて、一度行かれたらおもしろいと思いますが。

筒井　ああ、そうですか、文化財になってますか。

――ええ。昭和四十二、三年にできたんですかね、あのきれいな赤れんがの学生会館が。夏になるとあそこには冷房が入っていて、昼寝できるところがあったんで、学生であふれていましたが、いま、あそこに行っても学生はいないんですよ。だから学生なき学生会館、学生なきキャンパスになっちゃってて……。残念ですね。

立命館大学ももうないですから、あの辺りはずいぶん様変わりしました。広小路キャンパスが予備校になって、府立医大の隣りのところはある新興宗教に身売りしてしまったそうです。だからあの界隈には学生もいないしなんにもない。以前だったら、学生の街と言われていたんですけど。まあ、だから先生の頃は、いちばん学生がいて賑やかだった黄金期と言えるんじゃないでしょうか。

筒井　いや、黄金期でもないですよ。美学科（正式には、文学部文化学科美学専攻＝編者注）なんていうのは、本当にもう、つぶしのきかないところで。だから園頼三先生が専任教授だったんですが、結局あの先生にしても、美学なんて求人がないもんで、学生みんなの就職相談を受けたりしなくちゃいけないんで困ってましたけどね。みんな勝手なことを言うんですよ、映画監督になりたいとか小説家になりたいとかね。それで、先生も困って、「あなたの実家はなにをしてるんですか」「百姓やってます」「じゃ、百姓やる気ありませんか」とかね、そういう状態ですよ。就職口がどこにもないという時代です、その頃は。

だから一部分、やっぱり入試の成績の悪かった者が、いわゆる美学科に行ったんじゃないですかね。それがその後、美学科も偏差値がものすごく上がってきたんですよね。そして美学科は入りにくくなりました。

——同志社の美学科というのは、技術系ではないというか、実際にあまり絵を描かないですよね。だから学校の先生にもなれないんですよね。

筒井　そうそう。ま、教職課程っていうのは取れましたけれども。

土台のあった新人作家時代

――その後先生は卒業されて、乃村工藝社のサラリーマンになられるんですよね。なにか乃村工藝社というと、吉本新喜劇や関西制作のテレビ番組を観ているときに、クレジットに出てくるイメージがありますが……。記憶違いかな。

筒井　テレビのセット、この頃そんなこともやってますか？

――もうかなりになると思います。

筒井　われわれのときはまだやってなかったですね。装飾とかそんなことをやっていましたから。

――サラリーマンになられて、その傍ら創作活動をされていたんですよね。

筒井　ええ。乃村工藝社は中学時代からアルバイトで行ってたんですよ。毎年夏休みとか冬休みとかね。そのつてで、スーッと自然とそこに入っちゃったんですね。

――先生の気持ちの上で、職業としての作家、職業作家になろうと決められたのは、

サラリーマン時代、23歳の頃。

大体いつぐらいになりますか。

筒井　……えーと、どうなんでしょうね。職業作家といっても最初は私が書いていたのはショートショートですからね。

役者修行ばっかりで小説の勉強をまったくしてなかったから、小説家として食べていく自信というのはあんまりなかったですね、そんなに書けると思ってなかったから。でも、おかしなことを考えつく才能は自分でもあると思ってましたから、それだけではとても食ってはいけないけれども、そんなものを短篇にまとめたりしてました。まあ、外国で言うならサキだとかジョン・コリア、アメリカのロアルド・ダール、ああいう、読んで人があっと驚くような短篇を年に二つか三つ書いて、というような作家になれたらいいなと最初は思っていたんです。

――じゃあ、しばらくはずっと二足のわらじを履いて、あわよくば筆だけで食っていけたらという感じだったんですか。

筒井 ええ、まあ、江戸川乱歩さんに会いに行ったときに、「長篇を書きなさい。才能のある人が長篇書かなきゃだめだ」ってハッパかけられて。それで、じゃあ書いてみようかと。まあ、次第次第に長いものを書いていったんですけどもね。

――その二足のわらじの時代は、いまから振り返られるとどんな感じでしたか。

筒井 最初は二足のわらじだったんだけれども、乃村工藝社っていうのが、お給料も安いし、それから人が休みのときに働くような仕事だったんです。まあ、百貨店の休みのときにショーウインドーなんかで、マネキンの人形とデートしたりというね。前を通る人がじろじろ見ていくわけなんですけれども……。

――時間的にちょっときつかったということなんですか。

筒井 それもありますが、時間外勤務、それから徹夜、そういうものをしないとある程度のお金をもらえないということがありますね。基本給がものすごく安いから。で、これはもう男が一生かけてする仕事ではないなあと、ショーウインドーに入ってごたごたしているときに考えだしたんですね。それから、書こうという気持ちが固まってきて、書くためには会社勤めしてたんじゃあだめだということで、独立して自分でやりだしたんです、勝手に。

――それで、作家専業になられたのは昭和四十年、三十一歳のときですよね。その頃ご結婚もされていますが、こういうとき、結婚するからやっぱりサラリーマンを続けていこうというのは、普通の考え方だと思うんですけれど。常識的に考えると、ずいぶん思い切った冒険だというふうには思いますよね。

筒井　いやいや、サラリーマンはとうにやめてましたからね。それにもちろん、サラリーマンは二度とやる気はなかったし、そのときある程度まとまったお金が入ったということがあるんですね。ちょうどテレビでSFのアニメーションが大流行し始めて、『スーパージェッター』という脚本を書いたんです。その商品化権料、マーチャンダイズ、それがドバッと入った。

――ですが、まあ、年じゅうそういうまとまったお金が入るわけでもないですよね。

筒井　そうなんだけれども、まあ、その頃に雑誌にそろそろ載り始めて、なんとかいけるだろうというふうに思っていたんです。その頃は私と同様にSF作家がたくさん出てきてましてね、みんな書き始めてましたから。で、みんなきちんとそれでもって生活してて、「筒井さん、やっぱり東京に出てこなきゃだめだ」とその人たちに声をかけられて、それで東京に出ていったわけです。東京へさえ出ていければ、なんとしてでも食っていけると思ってましたから。

悩みはあったが、苦労は感じなかった

――それで皆さん、切磋琢磨されて……。

筒井　切磋琢磨というのか、みんなで集まってはバカな話ばかりしてたんですけどね。

――いや、それはやっぱり切磋琢磨になっていたんじゃないですか。

筒井　なっていたのかもしれませんね。

――私らでもやっぱり、学生時代とか、あるいは若いときにそういうふうに集まっ

ていたのが、後になって結構生きているなっていうのは感じますよね。

筒井　ただ、まあ、議論はしませんでしたよ。いわゆる文学論を闘わすことはなかったですね。そんなことするやつは逆にばかにされてました。みんなシラケた人ばかりでしたから。

——そうなんですか。けれど、先生は結構文学論を闘わせただとか、そういうふうに私たちは思っていました。

筒井　ああ、そういうふうに伝わってますか。

——ええ。どうも神秘化されてるんじゃないかなと思いますけれど。

筒井　いえ、そういうんじゃないですよ。

——そうなんですか。意外とその他の大作家の方々でもそうかもしれませんね。

筒井　そうですかねえ。いや、他の連中はちゃんとやってるでしょう。でも、星新一にしろだれにしろ、ＳＦの連中っていうのはみんな文学とはわりと無縁なところから出てきてますからね。文学とちょっとでも関係があって出てきたというのは小松左京ぐらいですから。

——その後もずっと作家活動をされて現在に至っているわけですが、ベストセラーを出されたりして、世間的には幸せな作家人生と思われていると思うんですけど、実際には相当なご苦労なんかもあったんでしょうね。

筒井　あんまりそう苦労とは思わなかったですね。もう芝居にしろ小説にしろ、すべて好きでやってることですからね。

――そうであれば、やっぱり幸せな作家人生ですよね。いま売れない作家の人たちもずいぶんいらっしゃるわけですから。

筒井　そうなんですけどね。ただ、あの頃は状況としてはそれなりに厳しかったと思います。いまと逆なんですね。いまは新人賞というのがたくさんあって、それでわりと簡単に新人賞を取れてしまって、デビューできるんです。でも、その後が続かないということがありますが、われわれはデビューさせてもらうまでがなかなか大変でしたからね。

――そうですね、新人賞自体が本当に少なかったですよね。

筒井　ええ。でも、新人賞というものとは無縁のままで、なんとか作家になったという人は、やっぱりその間勉強はしてますから、それは強いと思いますね。

――そうですね、勉強しないとやっぱり生きのびられませんよね。実際は幸せな作家人生みたいに思われているけれど、陰では涙を流して頑張ったんだとか、そういうことはないですか。

筒井 それはないですね。ただ、最初はなかなか自分の文体が見つからなくて悩んだりということはありましたけど。でも、いわゆる同人雑誌で切磋琢磨したとかそういうことがないわけですから。べつに小説を書く訓練、修行、そういうものも全然なしでしたからね。

ただ、われわれの時代、われわれの年代っていうのは、小説そのものを夢中になって読んだんですよ。小学校から中学、高校とだんだんレベルの高いものになってきて。で、やっぱりその時期その時期で、あるジャンルにのめり込むっていうことがありますね。

私の場合、最初はミステリーにのめり込みました。早川から出ているポケットミステリーなどですね、ああいうものを全部読んだんです。そして、それを乗り越えるためにはそれを読みつくして、もう飽き飽きしなきゃいけない。飽き飽きするぐらい読んで、こんなものは自分でも書けると、もう眠ってても書けるというぐらい読んで、そしてその次のレベルに行くわけでしょ。僕は、ミステリーでは飽き足らなくなった頃にSFが出てきましたから、ちょうどよかったわけですね。SFを初めて読んで、こんなすごいものがあるのかってびっくりしたんです。

しかし、それまでにSFの土壌っていうのが日本ではなかった。その頃は読者もいなきゃ、それを書く作家もいなかったんですよ。僕は大学でシュールレアリズムをやってきたし、父親が動物学者ですから、生物学っていうものを介して、科学的認識がどんなものであるかということを、大体わかってるわけですよね。それに、喜劇が好きでたまらなかった。芝居だってその喜劇がやりたくて仕方がなかったわけですから。するとこれはやっぱり自分はSFを書くのが向いてるんじゃないかとか、もしかしたら、いま日本の小説家志望者の中で自分が一番SFの作家として向いてるんじゃないか、というようなことを思ったんですね。

……書き出すまでにはいろいろそういったことは考えました。それも考えてみたら、最初役者志望であったということからつながってきているんですね。

―― そうですね。マルクス兄弟に感動されたっていうのは、わかるような気がします。

筒井 あれもシュールレアリズムで、シュールレアリストから評価されている連中ですから。シュールレアリズムの映画が好きで、大学でもそれを教わったわけで、これはやっぱりそういったスラップスティックと通じるものがあるっていうことが、だんだんわかってきたんですね。で、自分なりのSFを書くのであれば、他の人がだれも書いてないものじゃないと意味がないというので、やり出したわけなんです。だから最初のうちはなかなか理解者はいなかったですよ。

——そうですね、パイオニアはなかなか理解されにくくて、それで悲劇に終わるケースが多いですよね。

筒井　小説でドタバタをやろうっていうスタイルは、さんざん非難されますからね。一体なにをしてるんだっていうね。まあ、僕は自分がこんなに好きであって、自分で読み返したって一番おもしろいものが、意味がないはずがないと思って、いくらけなされてもやり続けましたよ。

けなされて燃える、そして断筆宣言

——先生は、けなされてますます闘志を燃やされるタイプなんですね。

筒井　しまいには精神異常者扱いされましたからね、これだけけなされてまだやってるって。

――そして、けなされてまたどんどんエスカレートするという。

筒井　そうですね、エスカレートしますね。

――それがやっぱり、後の断筆宣言につながるわけですかね。

筒井　ああ、そうかもしれませんねえ。

――反撥心を持つというのはわりと小さい頃からだったんでしょうか。

筒井　ええ、そうですね、それはありましたね。

――断筆宣言に見られるように、問題児と言ったら表現が悪いですが、けんか好きなところがおありになるんですかね。

筒井　大江健三郎さんは、虞犯作家と言ってますよ。

――そうなんですか。そうお聞きになって、光栄だと思われていますか、それともこのやろうというふうに……。

筒井　べつに、なんとも思わないです。それはそのとおりだと思いますね。

――やっぱり先生に会ったらどうしてもお聞きしないといけないのは、断筆宣言の話だと思うんです。この本（『断筆宣言への軌跡』光文社）を読みますと、そのときは本当にキレてしまったという表現をされてますが、実際にそのとおりだったんでしょうか。

筒井　ええ。腹のたつこと、カッとなることがいくつか重なったんですね。

――その断筆宣言の間っていうのは、正直なところどんな生活をされてたんでしょうか。

筒井　それは断筆したもんだから、収入がなくなるんですよ。タレント活動を開始したのはその頃からですね。だからそれもひとつのきっかけになりました。

――断筆宣言に絡むのは、差別問題ですよね。私事で恐縮ですが、私が大学に入った頃は、例えばゴダールの名作『気狂いピエロ』だとかそんな表現はびしばしあったけれど、七三、四年ぐらいから差別問題についてマスコミが騒ぎ始めて、作家に対するそういう表現規制を求める声というのも出てきたと思うんです。先生はそんな状況をどう感じられていましたか。

筒井　それは差別表現の問題ではなくて、やっぱり自主規制の問題ですね。結局、てんかん協会とのごたごたにしても、それに対するマスコミの対応にむしろ腹がたった

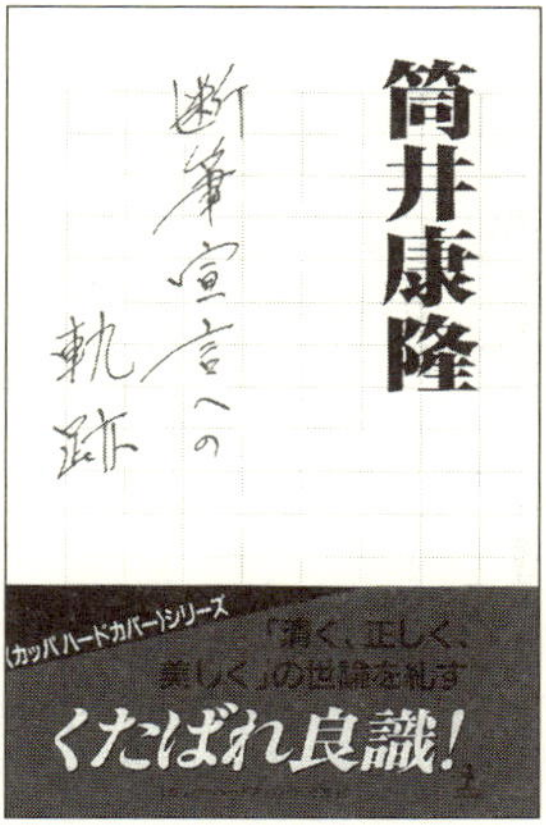

『断筆宣言への軌跡』（光文社刊）

んです。てんかん協会がこの表現は差別だ、と言って僕を糾弾してくる、それはもう当たり前のことですよね、その権利はあるわけだから。だけどそれに対して、マスコミが僕の反論を載せない。僕の反論を載せるとそれが差別につながるというような判断があったんです。それも自主規制だと思うんですが、そういうことに無性に腹がたったんですね。

――一連の流れの中で、文壇や出版界の状況はどうですか。

筒井　対応に困っていたみたいですね。僕に賛成する人がいると、反対する人はその賛成した人までを叩く、ということになっていました。

――一種の村八分みたいな状況ですか。

筒井　そうです。だから、賛成する人も次第に少なくなってきたということもありますね。

――私が大学四年のとき、大学祭の実行委員長をやっていましてね。そのときに、

「劇団つんぼさじき」というのが岡山から来まして、主宰していたのが、いまはちょっと有名になっていますが、山崎哲さんだったんです。

筒井　ああ、天井桟敷のパロディーですね。

――　ええ、七三年でしたから、差別問題がマスコミに出てきたところだったんですよ。で、やっぱりその筋の福祉団体から抗議があって、私たち実行委員が福祉団体と劇団の間へ入ったんです。結局、山崎さんの方が自主的に引いたみたいな形になって、その場はおさまったわけなんですけど。

その後、七、八年ぐらいしてから、山崎さんは東京に出て、「転位21」を成功させて、そのときは本当に、陰ながらうれしかったですね。

だから、差別表現の問題というのは、その頃から私の心の中にずっとあったんです。で、その中で、先生が断筆宣言されたわけです。

それと、差別表現問題ではないですが、私の会社は出版差し止めを四回食らっています。そういうこともあって、表現の自由とか表現の規制という問題について、自分なりに結構考えるわけですよね。だから、あんまりきれいごとは信用できなかったし、それは逆に自らの首を絞めてしまうと思いますよね。

筒井　だから、表現の自由か人権かという問題になりますね。けれども、どっちが先かといえば、やっぱり人権が先に決まってるわけなんですよ。あとはどこで線を引くかという問題、それに尽きるんじゃないですかね。

――けれど、表現にとらわれて言葉の入れ替えばかりに終始し過ぎるということはありますよね。私も、裁判の一審の判決で「片手落ちだ」という表現を準備書面へ書いたわけですよ。そうしたらやっぱり、裁判官の心証も悪いし、もう絶対に負けるに決まってるわけですけれど。でも、自分としては「片手落ち」以外の表現のしようがないわけです。そういうふうに言葉の入れ替えばかりやってても、仕方がないんじゃないかなっていうのはちょっと思いますよね。

しかしどうなんですかね、断筆宣言以降の、マスコミや出版界の表現の問題というのは。

筒井　僕の断筆以後、自主規制されることが少なくなったということは聞いています。だから、「この言葉代えてくれ」というふうに出版社が言ってくることはなくなった。つまり、高圧的な態度で代えさせるということはなくなったらしいですね。

――以前は、編集者がこっそり代えて、ゲラを見たら代わっていたとかそういうことがありました。例えば、「ニコヨン」という言葉なんかは代えられてましたよね。
筒井　いまは、それはなくなってきたということです。マニュアルどおり、当然のように勝手に代えるということはなくなってきましたね。
――最近では、柳美里さんの出版差し止めが話題になりましたけど、そのことについて先生はどう見られていたのでしょう。
筒井　あれは差別問題じゃないですね、表現の自由の問題ですね。あれは僕も読んでないんで、たいしたことは言えないですが。
――私は、裁判で差し止めされたのはとんでもないと思って読んでみたんですが、実際にはどうってことはない、これぐらいで差し止めになるのかというふうに思ったんです。当人にとっては深刻な問題なのだとは思いますが、大江健三郎さん、あるいはいろんな作家の方々の意見書が双方から出されて、それだけ騒ぐようなものであるのかというのは私なりに思ったんですね。ただ、その後の報道などにしても、なにかやっぱりきれいごとで終始してるんじゃないかなとも感じました。
筒井　あれは文学史に残る事件でもあるし、その小説をどうしても読みたいと思えば読めるわけですから、裁判で仮に作家の側が負けたとしても、実質的には作家の勝ちだと思います。どう転んでも作家の勝ちですね、こういうケースでは。

——でも、いまの日本の裁判ではやっぱりずっと負け続けるんでしょうかね。

筒井 ええ、べつに負けてもかまわないと思いますよ。裁判というのは制度ですからね。その制度に負けたというのは、作家の、むしろ勲章じゃないですか。

——そういうふうに言われる方は、ほとんどいないですよね。一般的には、裁判で負けたからもうだめだというような風潮があります。

筒井 一般的にはそうでしょうね。

昔の名作を見直してこそ、新しい文学が生まれる

筒井 だから、いま文学が活気づくとなると、そういう表現の自由のこととか、差別問題だとか、そんなことでしか活気づかないっていうことが悲しいですね。昔は、みんながわあわあ騒ぐ文壇論争がいろいろありましたけどね。フォニー論争、それはつまり大物クラスがドーンとぶつかり合う論争ですばらしかった。あれ以来、いまはそれがないんですよね。大家連中はおとなしくなってしまってるし、僕だって、論争し

ようにも受けてたってくれる人がいないわけですし。論争めいたものはあるけれども、だれも名前を知らないような小ぶりの評論家たちがなにかごちゃごちゃやってるだけでね、どうもつまらないですね。結局、そういうことが文壇、文学の衰退のひとつの現われだと思うんですね。文学そのものが、もう衰弱してきているということがありますね。

われわれの時代には、さっきも言いましたけれども、本当に小説が好きで、最初は『少年探偵団』とか『怪人二十面相』なんかから入って、その手のものを洗いざらい、南洋一郎から山中峯太郎から全部読んじゃう。それから今度はちょっとハイクラスになって、捕物帖に移るんですね。もう『銭形平次』からなにから全部読んで、その次はミステリーを読み続けて、というふうに少しずつレベルアップしていくわけなんですが、いま、そんなことをしたら大変でしょう。学歴社会から落ちこぼれちゃいますね。塾へ行ってる時間もなくなってしまう。昔は学校をサボってまで貸本屋通いしたり、授業中に読んだり、言ってみれば「小説オタク」ですね。その頃は「オタク」という言葉はなかったけれど、いまオタクといわれている人よりは、もっと激しいオタクだったんじゃないかな。そういう時代がわれわれの年代にはあるんですね。その後の人たちにもあるかもしれないけど、いまはないですね。いま、それをやっていたら、まず最高学府に入れないということがあるんですね。それこそもう、地方の三流、四流の私立大学に行かなきゃしかたないっていうようなことになってしまう。

結局、いま出てきてる文学の新人っていうのは、そういう小説にのめり込んだ時期というのはまったくなくて、新人作家が出てきてかっこいいな、俺も小説家になりたいな、という人だけは増えてるんですね。で、『文学界』や『新潮』の新人賞があるでしょう。あれに応募してくるのが、何千人かいるんですよ。しかしながら、その『文学界』とか『新潮』なんかを読んでいる読者の数は、それより少ないんですね。そういうおかしな現象が起きています。他人のは読まない、自分だけ書きたいものを書くということですね。勉強するつもりが毛頭ない。しかも勉強じゃなくって、本当におもしろがって小説を読むという体験をしていないんです。

そういう人が大学へ入って、自分も作家になりたいというので、文芸家コースなどに入る。で、一方では、そこで文学の最新理論を学んで、あとは新人賞を取った作品を読んで、いま、どういうものが受けるか、どういうものを書いたら新人賞に通るかというので、純文学偏差値的な勉強、ハウツーを学ぶわけです。それで新人賞に応募してくると、選考する選考委員なんかがいちおうはびっくりするんですね、こんな文学はいままでになかったと。また、それを褒める評論家がいるわけですよ。

だけど、それで新人賞を取って、それっきりですね。あと二作か三作は書くだろうけれども、小説の本当のおもしろさを知らないわけだから、後が続かない。そういったことが、どんどん文学の衰退につながるわけです。

——やっぱりそういう人たちというのは、『少年探偵団』とかにのめり込んでないんですかね。

筒井　いちおう読んだことは読んだでしょうけれども、その程度でしょうね。その後、その上には行かないでしょう。だから、いわゆる少年名作全集ですか、ああいうのでスチーブンソンの『宝島』とか『ジキル博士とハイド』や『モンテクリスト伯』は、そりゃあ読むだろうけれども、世界文学全集で『モンテクリスト伯』を読もうとはしないですよね。

——『少年探偵団』は私も結構読んで、バッジなんかも集めたりしてたんです。やっぱり、まずはそういうところから入りますよね。

筒井　そうですね。で、その後へ行かないんですよね。だから、本当に難しい、例えばロブ=グリエとか、ああいったものを読むのはこれは教養じゃないですよね。例えば、一度も小説を読んだことのないノーベル物理学賞を取った偉い学者がですね、ロブ=グリエを読んでわかるかと言ったら、わからないですよね。それは、小説を読む訓練をしてないからですよ。で、わからないはずなんだけれども、大学ではそういうことを勉強して最新の文学の方へ行くわけでしょ。でも、それじゃあやっぱり根がついていない根なし草ですからね。

昔は、最新の文学の成果を取り入れて、エンターテインメントを書いてやろうなんていう人がいたわけですよ。で、僕も七瀬もの――『家族八景』や『七瀬ふたたび』ですね――にしたって、やっぱりジョイスの意識の流れをまねしてやってるわけでしょ。結局そういうふうに、いまエンターテインメントの作家が参考にしようという最新の文学なんていうのはないんですよ。……出てきてないんですね。

―― 先生の世代というのは、少年時代からずっと『少年探偵団』から始まって、そういう世界にずっとのめり込んでいったということなんですか。

筒井 ええ。ですから、その段階を追って、とにかく捕物帖なら捕物帖にもう飽き飽きするところまでのめり込むと。そして、その次のレベルに移っていく。ＳＦに移って、ＳＦにも飽き足りなくなっていって、私の場合は今度はラテンアメリカ文学に移っていきました。マジックリアリズムなんていうのは、これはもうＳＦ以上のすごさがあるわけですから。そういうふうに、僕は勉強の成績はまったく悪かったけれども、その代わりに文学の方は遅まきながらきちんとレベルが上がっていているわけですよね。だから、いまになって欧米の古典物を読んだりしてますけれども。

だから、いまの小説がおもしろくないと言ってる人とか、それから小説を書くのに何を勉強したらいいかわからないとか言ってる人、みんな、もう一度古典

を読んだらどうかと思うんです。古典っていうのは、さっき言った『モンテクリスト伯』ですよね。あとバルザックにしろ、ドフトエフスキーにしろ、いま読んだらみんなエンターテインメントですよ。すらすら読めてしまう。ロブ＝グリエみたいな難しいことなんてちっともないんですよね。バルザックなんかはエンターテインメントそのもので、もう手に汗握るおもしろさもあるのに、いまの人はそういうのを知らないんですよ。

昔は、エンターテインメントと純文学の境界がなかったわけです。その頃はテレビなんかないから、ドストエフスキーなんて一番の有名人ですよね。地方へ講演に行ったら、駅の前が歓迎の黒山の人だかり。そんな時代があったんです。チェーホフもそうですね、作家がみんな人気者だったんです。

ゾラは、例えば『居酒屋』という映画がありましたけど、その続編で『ナナ』というのを書いたんですよね。『居酒屋』の一番最後にナナっていう女の子がちらっと出てくるんです。そのナナが成長してパリで娼婦になって……という話が『ナナ』の内容なんですが、その本が発売される日には、本屋の前にずらっと行列ができた。その行列にどんな人がいるかというと、商店街のおかみさんとか散髪屋の小僧とかそういう人たちですよね。いまだと、ゾラなんて言ったら古典文学の最たるものだと思うけれども、当時は本当に流行作家だったんですよ。そりゃあもう、よき時代といえば、文学にとってそんなよき時代はないわけですね。そういう時代はもう来ないとは思うけれども。

だから、小説を書きたいという人は、いまからでもそれを、特にバルザックなんかを読んだら、どうすれば小説っていうのはおもしろく書けるかなんていうヒントが山のようにぎっしり詰まってますよね。昔出た新潮の文学全集ですか、あれをそろいで買う人がいないらしいんで、古本屋なんかは奥へしまっちゃっているんですが、本当に全巻そろいで買ったら、もう宝の山ですよ。そりゃあ、難しいものもありますよ。ダンテの『神曲』とかミルトンの『失楽園』とか、ああいうのは難しいけれども、ほとんどはおもしろいんですよ。

―― 私も中学生か高校生のときに『モンテクリスト伯』とかを読みましたけど、いま、先生に言われてあらためて読んでみたいと思いました。何か発見があるかもしれないですね。

筒井 これは科学の現状とよく似てるんですね。つまり実証科学というのは、もうす

郵便はがき

料金受取人払

西宮東局
承認
27

差出有効期間
平成13年7月
31日まで

6638166

（受取人）
兵庫県西宮市甲子園高潮町６－25
甲子園ビル３Ｆ

株式会社
鹿砦社
行

6638790

◎読者の皆様へ

毎度ご購読ありがとうございます。小社の書籍をご注文の方はこのハガキにご記入の上、切手を貼らずにお送り下さるか、最寄りの書店にお持ち下さい。申込書には必ずご捺印をお願いします。

帖　合

この欄は記入しないで下さい。

鹿砦社 御購読申込書

下記の通り購入申込みます。

年　月　日

書　名	価格（税別）	申込数
この人に聞きたい青春時代	1,000円	
右であれ左であれ	1,600円	
宗教なんてこわくない（復刻新版）	1,200円	
闘うことの意味（復刻新版）	1,200円	
たかがプロレス的人間、されどプロレス的人生	1,400円	
世紀初	2,400円	
破綻	1,600円	
落合信彦・最後の真実	1,400円	
アジアン・マニアックス	1,500円	
君はどんな大人になりたいのか	1,200円	
ＦＭラルース９９９日の奇跡	1,000円	
鹿砦社刊→		

WAVE117　①600円（　冊）②650円（　冊）③650円（　冊）
④600円（　冊）⑤600円（　冊）⑥600円（　冊）

１・１７市民通信ブックレット
①520円（　冊）　②520円（　冊）　③600円（　冊）

〒　　電話　　―　　―

御住所

フリガナ

御芳名　　㊞

べてやり尽くしてだめになってしまって、生物学なんかでも、ダーウィン以後ほとんどだれも出てきていない。で、たまにダーウィンに反対する反ダーウィンの学者が出てきてもそれ止まりで、そこから発展してやろうっていう学者がいないわけです。で、あとはＤＮＡを発見してしまえば、そのＤＮＡの一つひとつがどういう性質を持っているかという検証だけに終わってしまっている。なんていうのか、本当の大きな発見というのは一つもないんです。

宇宙物理学にしたって、実証できないことばっかりですよね。結局、なぜ実証できないかと言ったら、もうこれははっきりと、金がないから宇宙船を飛ばせなくなって実証できないと言うしかないわけです。結局、宇宙理論っていうのは、ホーキング博士みたいにＳＦじみた架空理論だけで実証できないものですよね。で、メキシコかどこかで、何億ドルもかけて半径何キロかの巨大なサイクロトロンをつくったけれども、金がかかりすぎるというので途中でやめちゃったんです。何億ドルはパーだし、素粒子物理学はもうそこでだめなんですね。これは実証しなければ、だめな学問なんですよ。あとは理論だけになってしまう。

結局は小説の方にしても、やりたいこと、小説でできる限りのことはやってしまった。メタフィクションとかマジックリアリズムとか、意識の流れとか。できることを全部やってしまって、後はそれを組み合わせるだけの、ガジェットであるとかキッチュであるとか、そんなものですよね。小説がもう終わったとみんなが言っているのは、それなんです。終わったところから小説を書き始めなければいけないということが、これからの作家の宿命だ、なんてね。……だから、熱力学の第二法則というのがあるけれども、もうあらゆることがエントロピーの増大で、大いなるその退屈さの中ですべてが熱死していくという状態、それがやっぱりいまの文学にも出ているんじゃないですかね。

そう言ってしまえば身もふたもないんだけれども、そこからなんとか再生しなければいけないんですね。ただ、科学なんかと違うところは、小説の場合は、新しい科学者のように過去の科学の上に乗っかっているっていうだけじゃないですね。過去の文学のやってきた蓄積を、全然知らないで書こうという人もいるわけでしょう。何も知らないということは、まだ望みがあるんじゃないですか。

【第二章】書かなければ身がもたない～いつも途方にくれていた～

立松和平

立松和平（たてまつ・わへい）

一九四七年栃木県宇都宮市生まれ。六六年、早稲田大学政経学部卒業。在学中に『自転車』で第一回早稲田文学新人賞を受賞。卒業後、土木作業員、魚市場の荷役などの職業を経験後、インドへ旅立つ。帰国後、宇都宮市役所に勤務したが、七九年から文筆業に専念。八〇年『遠雷』で第二回野間文芸新人賞、九三年『卵洗い』で第八回坪田譲治文学賞、九七年『毒――風聞・田中正造』で第五十一回毎日出版文化賞を受賞。『光の雨』（講談社）『劇的なる農』（ダイヤモンド社）『いのちの食紀行』（東京書籍）『ぼくの仏教入門』（文藝春秋）など著書多数。

一九九九年十月二十日、東京・恵比寿の立松和平事務所にて

いまは若者にとって困難な時代

――立松さんの作品に流れる全体としての作風というのは、青春の苦々しさというんですか、そういうところが感じられるというふうに私らも思うし、一般的にもそう言われていいます。これは学生時代の体験が大きく原点になっているんでしょうね。それで、ありきたりの質問かもしれませんけど、いまの若い人たちに対してそういうところをお話しいただきたいなと思いまして……。

それと著書の中でも述べられていますが、創作活動に入った動機というのか、どういう経緯で創作活動に入っていかれたのか、そういうところも、お聞かせいただけますか。

立松 いまの若者たちですか……。僕は大体いまの若者たちの親父の世代なんですね。さっきもちょっと二十一歳の娘と話してきたんだけど、いまの時代っていうのは、若者にとってはすごく困難な時代だと思いますね。みんな一所懸命受験やって、我慢して生きてきたわけでしょう。もうちょっと我慢すればいい中学に入れるとか、すごい苦しみを与えられてきて、何が楽しいかわからないような時間を強いられている。

思い切って遊ぶことができなくなってますよ。

ついこの間、奄美大島に行ってましてね、田舎の本当に小さな集落で夕方ぼーっとしてたら、そこらが子どもの遊び場になっているんですよ。当たり前の風景なんですけど、あっ、こういう風景消えてたなと思いましてね。同じぐらいの年代の子どもが、小学校入ったか入んないかぐらいの子かなあ、わーわー声出して、男の子も女の子もみんなで楽しそうに遊んでるんですよ、あっち行ったりこっち行ったりしながら。僕はそこをぼんやり見ていて、僕らの子どもの頃を思い出しました。あんな風景っていうのも絶えて久しいなという感じでしたね。子どもからそういうおおらかな楽しみを奪っちゃったような気がしてね……。

それは受験があるから、塾に行かなくちゃいけないから、ですよね。そして塾に行って、学校でも息詰まるような管理をされて、そしてどんどん上にいくでしょう。いい大学に入ればいい就職口ができるってわけですよ。いい就職口といえば、一部上場の一流企業とか国家公務員、最高は大蔵省といわれているわけですよね。その大蔵省に入って本当に幸せなのか、一部上場企業に入ったのが幸せなのかっていうことを言えば、非常に疑問じゃないですか。幸せの要因の中に安定というのがあると思うんですね。ついこの間、日産の二万何千人かの大リストラが新聞に出ていましたけど、日産といえば超一流企業じゃないですか。

―― 私らが学生の頃は日産とか似たような上場企業に入社するというのは、これでもう一生安泰だなというところがありましたよね。

立松 そうですよね。ところが世の中にそういうふうに決まった価値観っていうのがなくなってるんですよ。例えばうちにも大学四年生がいるんですけど、いまの学生なんか、禁欲的に勉強して大学に入って卒業しても、その後が就職じゃないんです。

―― そうですよね。私の子どももいまちょうど大学四年なんですけど、空手に狂って就職どころか卒業さえできないんですよ。まあ、本人はどうにかなるだろうみたいな気持ちでいるようですけど。

立松 つまり、いまは若者たちに、社会全体で希望を与えられないような時代だと思うんですよ。まだ女の子は元気だけど、男なんかどうしていいかわかんないような時代になってる。女の子も同じですけどね。そういう時代の中で、物だけあふれて何でもあるでしょう。なにかこう物質的な繁栄みたいなものがあって、一方で、本当は働かなければ物質の繁栄というのはないんだけど、まだ若いから親のすねかじってればいいところもありますよね。若者たちが非常に生きにくい時代だと思いますねえ。先のことが見えない、希望がないという時代。大人はもっとないですよ。でも大人がないのはしょうがないと思ってますけれども、若い連中がどうやって生きていったらいいか精神の暗中模索さえもしなくなってしまう。成り行き任せでとりあえずなら生きられますからね。僕ら大人がつくった時代なんでしょうけど、気の毒だねえ、そんな気がします。

その一方で、僕なんかバックパッカーで、リュックサック背負ってインドとかあの辺を歩いたけど、いまはぽっと世界に通じるような若い連中が出てくるんですね。野茂英雄とか伊達公子なんかもそうでしたね。突然世界性を帯びてくるような若者が出現する。僕らの時代には考えられませんでしたから、そういう点はすばらしいと思うんですね。

カメラ、文章表現研究会を経て創作の道へ

――創作活動に入った動機を聞かせてください。

立松　それはですね……。僕は写真がやりたかったんですよ。高校のときずっとカメラをやっていて、写真部の部長だったんですが、現像、焼き付けや暗室操作をやって、楽しみがあったんですね。大学に入ってからも早稲田の写真部に入ったんですよ。ところがね……。

早稲田の写真部というのは伝統のあるクラブで、有名なカメラマンもたくさん出してるんですよ。僕は六六年の入学ですから、僕の時代は七〇年に向けて時代が大騒ぎしていた時代、学園闘争の時代ですよね。僕は田舎の高校で、何もわからないで入っていったんだけども、なにかこう、正義感みたいなものがあったわけです、若い正義感がね。世の中おかしいといったようなことを思ってたわけです。そしてしょっちゅうデモがあって、街頭行動があると、写真部がカメラを持って行って、そういう写真を撮るわけ。しかしそれがどうにも疑問だったんですね。報道という意味はもちろんあるけれど、その撮った写真というのは、物証にもなるんですよ。いろんな警察との戦いがあるから。その写真を撮ってどうするんだと思ったんですよね。そんな写真なんか撮るよりは、やっぱりデモに参加すべきだというふうに僕は思ったんですよ。それでもうカメラを持たなくなったんです。

もう一つは、写真っていうのは金がかかりましてね。カメラを持ってればいいっていうんじゃなくて、フィルム買って、印画紙買って、現像液買って。自分で暗室操作やるにしろ、薬も必要でしょう。すごく金がかかるんですよ。金がなくて、そういう面でも挫折はあったんですけど、いまから考えればわずかなお金でしょうね。それからちょっと新聞会に入って、カメラやれるんだったらカメラマンやれとか言われて、それで新聞会のカメラマンをやってたんですよ。

――新聞会のカメラマンですか。

立松 そうです。記事も書いてましたけどね。そこで内紛があって、客観中立報道はあるかないかっていう、そういうことでもめちゃうわけです。

――いやあ、わかりますよ。私はちょっと遅れた世代で、七〇年の大学入学なんですが、私も九州の田舎から入っていって、そういう論議を結構どこへ行ってもやってるわけです。それも本当に真剣にやるわけですよ。いまはどうかはちょっと私も知りませんけどね。

立松 いまはそんなことはないと思いますけどね。それで客観中立があるかないかで、新聞の論調も変わるわけです、当然。でも、どう考えたって客観中立報道というのはないと思いますよ。書くという行為がすでに主観です。

――ええ、それはないですね。

立松　ないけど、あるという人もいるわけ。それは、いわゆる商業新聞ですね。朝日、毎日、読売とか、中日新聞とか、ああいう新聞が客観中立報道であって、ああいう新聞をつくりたいというグループがあったわけです。もう一つはすごい主観的な、どうせ客観中立報道はないという自分の世界観を実現する新聞をつくりたいというグループ。どんなに中立の装いをしててもそれは主観なんだから、当然対立が起こってきますよね。だってその主張によってできる新聞が全然違いますから。結局僕は、客観中立はないという方だったんです。で、多勢に無勢で、総会で敗けたんですよ。そんなことはしょっちゅうどこへ行ってもありましてね。それで仲間たちはみんな別の新聞を立ち上げたんだけど、新聞をつくるって大変なんですよ。会社回って、広告をとって、お金をもらってこなくちゃいけないでしょう。そういうところから始まって……学生新聞だから、前からあった新聞もそうやってきたんですけどね。

僕はもっと一人になりたくて、文章表現研究会という文学サークルに、道を歩いていたら勧誘されて、二年生で入ったんですね。で、なんとなく、その辺をうろちょろして始めたんです。もちろん本は以前から読んでましたけど、書く方になるということはあまり考えてなかったわけですよ。文学っていうのは金がかからない。ただ同然です。紙やボールペンぐらい買ってこなくちゃいけないけど、なんでもいいわけですよ。紙は広告チラシの裏でもいいわけだから。そういう意味で、文学ってのはいいなあと思ったんです、金がかからなくてね。いまでも同じようなもんです。当時から週刊誌大の横書きの市販の原稿用紙を縦にして書いていました。いまでも使ってますよ。どこでも売ってるんで便利なんですね。あとは書くのは万年筆。いまはいただいたものの中から、ちょっと高い万年筆を使ってますけれど。これも（傍らにあった万年筆を取り上げて）もらったものですよ。文学賞を受賞したときにもらったものを使ってますけど、そんなふうに限りなくただなんです。ただ、人生の元手みたいなものはかかるんですが、それは高いですね。

それで、その頃からぽつぽつは書いていたんです。高校のときはあまり書いていませんでしたが、くだらないものですよ。いま読んでも、読むに耐えないものを書いていたんですけどね……。

売れる売れない以前に活字にしていた

立松　それで、文学サークルに入って、小さな文章を書いてから合評会をやるんですが、ぼこぼこに殴られるかのように批判されるわけですよ。他の人のももちろん批判しますけどね。そして同人誌をつくったんですね。三号で止まったかな、本当に安い謄写版刷りの雑誌をつくったんです。それでぽつぽつと書き始めて……。これですよ。こんなものを書いてました……「何？　ジャズよ、ジャズが聞こえるわ」。この短編小説はヘンリー・ミラーの影響ですね。この『むむ』というのは、僕らのつくった雑誌なんですよ。

――同人誌ですか。

立松　同人誌です。創刊三号でつぶれました。

――　またあとに出されたんですね、六九年ですか。

立松　そうですね。この三号には、『国境越え』、タイとカンボジアの国境を越える話を書きました。この頃は僕はバックパッカーをやりながら、デモに行きながら、原稿を書いていたわけなんです。そして、「未発表」と書いてあるのがあるでしょう。「脱稿年月未詳」って書いてあるんですね。それが要するに没原稿です。投稿もしないでそのときに書いていたものです。僕が一番最初に書いたのは多分『溜息まじりの死者』という、これですね。これも未発表で、一九六八年二月二十八日脱稿って書いてあるんです。原稿用紙にメモしたんでしょうね。これが僕の本当の処女作です。ただ、そのときは発表できなかった。ようやく発表できたのが平成二年ですから、何年経ったんですかね。

――　平成二年は西暦でいうと九〇年でしょう。ということは二十二年ですね。六八年ですから……。

立松　二十二年ですか。そのぐらいでようやく活字にすることができたわけですよ。これを本にするよって話は、親しい評論家が言ってくれたんです。僕は没原稿の詰まっているトランクを持っていて、そのトランクはごみ捨て場で拾ったやつなんですが、それごと捨てよう、捨てようと思いながらなかなか捨てられなくて。すずめのお宿の欲張りなおばあさんが、大きなつづらを持って帰って、中を開けたらお化けが出てくるっていう話ありますよね、ちょうちんおばけっていう……。あんな感じがしましてね。この世に生み出すことのできなかった、そういう中途半端なものがたくさん入っているわけですよ。で、これいちおう読んだんです。そうしたらね……、ものすごい若書きなんですけど、パワーがあるんですよね。どこにも持っていきようのないエネルギーですね、なんとも言えない力があるんですよ。ただ、行き場がないんで渦を巻いていたりするんですね。僕は活字になるならない、売れる売れない以前に、ずっと書き続けてきていますから。そのことはいまも同じなんですけどね。

昔、そうやって、いろんな悔しさの力によって書いていた時期に持っていたものをどんどん捨てていくことが、年をとっていくことになると思いましたね。いいものをどんどん捨てちゃうんですね。しかし捨てなければ獲得できないから、確かにうまくなってるんですよ。どんどんうまくなってるけども、エネルギーみたいなものをテクニックでカバーするようになっているんですね。だから、若さっていうのはそれなりにやっぱりいいもんだなと僕は思ったんです。

これ（『溜息まじりの死者』）を編集するときに、僕は一人前の作家になっていましたから、批評的にも読むわけです。つまりこの作品を出して、いまの自分が恥ずかしくないかどうかということです。いまの作家としての立場から無名のこの新人をどう扱うか。没にするか、引き立ててやるかっていう瀬戸際になるわけですね。いま書いてるものとは全然違うわけですが、いまの自分にない、なにかいいものを持ってるなと思いましたね。葬り去るのに忍びないと自分では思ったんです。自分の歩いてきた道筋が全部わかるわけですし。

これはいくつで書いてるんでしょう、僕は四七年の生まれだから……二十一歳ぐらいですかね。

―― そうですね。

立松 それがまた悔しいことに、全部覚えてるんです。書いた内容を。一字一字を。すごいでしょう。どういう状態で、どんな気持ちで書いたか迫ってくるわけです。下手な作品なんですが、ただそういう意味で出す意味があるというふうに批評家に説得されて、僕もそう思ったんですね。で、二巻で出たんですけど、不思議な感じがしましたね。若いというのは、出口がなくて本当に苦しい。しかしそうやってエネルギーをためているんだなあっていう感じがしてね。結局、僕自身がこれを書き残してるからそういうのがわかるわけですが。

――そのときは発表するかどうかということは考えてなかったんですか。

立松 ええ。でも、発表したくてもできないわけですよ。どうやってしていいかもわからないし。そういう意味では、多分僕が発表を願って最初に書いたのは、この『途方にくれて』です。これも二十一歳のときに書いてるんです。発情するがごとくに書いてるわけですよ。昭和四十五年の二月発行でしょう。ということは四十四年に既に入稿していますよね。僕は十二月生まれなんですよ。ということは、誕生日前だから、確かに二十一歳で書いてるんですね。この作品が出てすごくうれしかったなあ……。

これは沖縄にバックパッカーで行って、金がなくなって、沖縄の歓楽街のナイトクラブで働いたときの話なんです。まだ復帰前のことですね。アメリカ兵相手のナイトクラブで、一日一ドルで働いたんですが、そのときの体験をフィクション化して書いたものなんです。それはいろいろな体験をしてきたもので、これを何かにしたいと。それで書いてはいたんだけども、しかし表現ということを考えていくとどうでしょうね……。
不思議な強い体験をすると、何かたまるんですよ。体の中に、心の中に。で、それを表現したいと思うわけです。東京の板橋の下宿に帰ってきて、なにかこう悶々とするわけですよ。結局できるのは書くことしかない。一番安いし、金がかからないわけだから。文房具屋まで行って原稿用紙を二、三百円分買ってくれば十分書けますからね。写真なら金がかかるし、映画だともっとかかる。やっぱり一番金がかからないのが文学なんですよ。

——結局、単純な動機だったりして。

立松 結構大きいよ、それはね。

——そういう動機ながら、内的にはすごい衝動みたいなものがあったということですかね。

立松 そうですね。だからね、使っているのはだれでも持ってる道具です。言葉でしょう。字で書いてるだけですから、だれがやってもいいわけ。資格もない。なんの制約もない。ただ、制約があるとしたら原稿用紙に字を書くこと。僕らは日本語で書く。英語で書いてももちろんいいんだけど、日本語しか書けないからね。どうにか書き上げられたから、僕はこれを投稿したんですよ。

正確に言うと『途方にくれて』を書いたあと、もう一本、続けざまに書いたんです。『部屋の中の部屋』ですが、二本一気に書いたんですね。これもやっぱり沖縄のナイトクラブのあたりの話なんです。『途方にくれて』は長いんですよ、百六、七十枚あって。『部屋の中の部屋』は八十枚ぐらいだから比較的短い作品なんですね。で、どうするべと思って、まずは人に読んでもらいたかったので身の回りのやつには読ませると、それなりの反応は返ってくるんですね。でも、実は僕はよくわからなくてね。

初めての掲載、就職、旅……

立松　本屋で立ち読みをしていたら新人賞の募集をしてたんですよ。それは『小説現代』という雑誌で、『部屋の中の部屋』を持っていったんですよ。コピーをとる金がないから現物を持って。
——その当時、コピーはいまより高かったですからね。
立松　ええ、原稿料以上に高いというような感じでしたから。それで講談社に持っていって、川端幹三さんっていう編集者と知り合ったのかなあ。川端さんとはいまでも付き合ってますけどね。それで、この作品が『小説現代』の新人賞の最終候補に残ったんですよ。ということは早い話が落ちたんです。受かっていたらまた全然違う道をたどっていったでしょうね。僕はどちらかというと純文学志向だったから、どうもよくわからなかったわけですよ、そういうエンターテインメント系のことは。何も全然知らない、わからなかったわけです。

それで落ちてですね、そのときの選考委員の一人に有馬頼義さんがいらっしゃって、この先生が僕のことをものすごく買ってくれたわけです。でも多勢に無勢で落ちたわけですよ。で、こいつはただ者ではないというようなことを言ってくれて、講談社のそのときの編集長の大村彦次郎さんという有名な編集者の方を、有馬先生が僕と一緒に荻窪の自宅に呼んでくれたんですよ。僕はTシャツとGパンとゴム草履という格好の人間ですよね。そのまま行ったんですが、いろいろ話してびっくりしましてね。流行作家の家というのは、有馬さんは特別、家が有馬伯爵の家だからすごいんだけれども、庭でキャッチボールができたり、プールがあったり。その当時、僕は四畳半で暮らしていたんですから。でも、それは人の生活ですから、こういうのもあるんだなと思ったぐらいですが。

で、先生にどんどん書けって言われたわけです。他にいま作品あるかって聞かれて、『途方にくれて』を持っていたからありますって言って。ちょうど有馬先生は『早稲田文学』を立ち上げるときだったわけです。立原正秋さんからバトンタッチされて準備中の時期だったので、新人の原稿が欲しかったんですね。だから二つ渡したんです。『部屋の中の部屋』は『小説現代』でゲラになってるわけですね。『途方にくれて』は生原《なまげん》です。それでどっちがいいかということになって、いろいろ議論があったんですが、絶対『途方にくれて』の方がいいという人の方が多かったわけです。それで、一九七〇年二月号から有馬先生が編集長をやるようになって、僕はデビューですね。有馬編集長の最初の一号です。そのとき、帯にまで載ったわけですが、これはもう、すごくうれしかったですね。これがちゃんと活字になった初めての作品です、『途方にくれて』が。この作品が出たのが一九七〇年一月、そして単行本化されたのは七八年なんです。

―― 八年経っているわけですね。

立松 八年経ってますか……。苦節十年という、絵に描いたような世界ですよね。だからこの間、発表した作品がないわけで、市役所に勤めてたりしてね……。この作品が載った時は、僕はちょうど大学四年生でした。

――そうですね。

立松 そして就職が内定していたんですよ。

――そう、集英社ですね。

立松 そうです。集英社です。それもなにかすごい試験で、二百倍とかそれぐらいの倍率だったんですよ。

――それはすごいですね。

立松 すごい試験ですよね。でも、通ったんですよ。僕はわりと人当たりがいいんですよ、自分で言うのも変ですが。昔はもっと、なんとなく夢の中に生きているみたいなキラキラした感じがあったんじゃないかと自分では思うんですよね。わりと年上の人に受けるタイプだったんです。女性には受けないんですけどね(笑)。それであんまりいい思いをしたことはないけど、なんとなく大人に受けるみたいなところがあったんですね。で、受かっちゃったんですよね、集英社に。

その頃の僕の生活というのは、デモをやったり、バリケードの中に泊まり込んだりしながらバイトに明け暮れ、そしてバックパッカーで旅行をする、というようなものでした。そのときはまだカンボジアぐらいまでしか行ってないですが。あとは、国内の放浪ですね。きょうはステーションホテルに泊まろうか、シーサイドホテルに泊まろうか、リバーサイドホテルに泊まろうか。寝る場所をもじって言ってるだけで、要するに野宿ですが、そういう生活です。それをしながら、心にたまってくるものを原稿にしていたんですね。やっぱり、書かないと身がもたなかったのかもしれないなあ、いま思うと……。

――その頃というのは、そういうふうな旅と学生運動ですか。

立松　ええ、それとバイトですね。

――バイトしなけりゃ食えないし、旅もできないですもんね。

立松　そうですね。それで僕、ちょうど明日も沖縄に行かなくちゃいけないんですが、旅はずっとしてます。旅人なんですね。それでこの間も沖縄に行って、離島航路が出る泊港っていうのがあるんですが、そこにトマリンというすごいホテルができたんです。そのホテルのすごくいい部屋に、仕事で行ったんで泊めてくれて、窓から港を見ていて、俺のハーバービューホテルがなくなったなと思って……。

旅はライフワーク。知床にて。

いま、野宿なんかしたらたちまちガードマンに追い出されるでしょうね。そういうすき間みたいなところが、だんだんなくなってきたようです。若いときにはね、すき間で生きてるんですよ。社会のすき間を見つけて、そこに身を滑り込ませて、それが結構居心地がいい。ハーバービューホテルだっていいもんですよ、涼しいし（笑）。

『途方にくれて』を書かせてもらったところも、沖縄の波之上というところで、ナンミンという、昔は「辻」「ちーじ」っていうんですけど、遊郭のある、いわゆる悪場所ですよ。ナンミンっていうと、ちょっと古い人なんかはみんな悪いというふうに思うんですが、いまはソープランド街になってしまっています。そこは、僕の青春の聖地であって、波之上宮のすぐ近くなんですが、沖縄に行くとどうなってるかなあと、街の変遷を見に行くんですね。それがだんだんと変わっていってしまって、昔の輝きはもう全然ない。本当に恐い悪場所みたいになっていってしまったんですけどね。

そういうふうに、僕は若いときにいろんな経験があって、いろんな想いが強くあって動いていたものですから、それを自分の身の内だけにとどめておけなかった。それで自然と原稿を書き始めていたんですね。もし書かなければ、どうなっていたんだろうなと思いますよ。なにか悪いことをしてるかもしれないですね。また、悪いことをいっぱいして、中年になっていい作品をもっと書いていたかもしれないし、それはわからないですが。

屋久島にて。

明日のことは考えなかった青春時代

――旅で、沖縄からアジアへと行かれるわけですけど、どうしてアジアなんでしょうか。

立松　アジアに行ったのは、要するに金がかからないからですよ。近いから運賃だって安いですしね。最初に行ったのは韓国で、下関まで鈍行列車で行ったんです。あのときはヒッチハイクではなかったです。友達と二人で行ったんですよ。その友達はいま某社で編集者をやっていますが、山谷で山谷暴動に参加して、アナーキストとして暴れちゃって、旅行に行くまで弁護士と打ち合わせして……と、なにかややこしい旅だったんですけどね。

――山谷で逮捕されたんですか、その方は。

立松　うまく逃げたんですよ。僕の回りでは、そういうことしょっちゅうあったから。その友達も、いまは穏やかな編集者をやっていますからね。

あのとき行った韓国も、本当に外国でしたね、いまでももちろん外国ですけど。フェリーではなく、下関から関釜連絡船に乗ったんです。釜山の港に着いたときは、本当に外国だなあと思いましてね、朝鮮戦争の硝煙のにおいがまだ残っているような感じ。それは錯覚かもしれないんだけど、そういう感じがしました。日本人をしばらく見ていない、そんな時代ですよ。だから極端でしたね。実際はいい人なんだけど、極悪非道のような人間と思われたり。かと思うと、すごく親しく言い寄ってきたり。

ある人と知り合って、「泥棒が多いから、世間知らずのお前たちはお金を取られちゃうから、金を自分に預けろ」と言われて預けて、結局その人が泥棒だったような気がするんだけど、これがよくわからないんです。その人は絵描きさんだったんですが、一緒に慶州とかいろいろ行って、僕らはお金を全額預けちゃってるから、その人がいろいろ払ってくれるわけですよ。そしてソウルに行きたいと言うと、ソウルに弟子がいるからと汽車に乗せられていくと、ちゃんと弟子がいるんです。で、戻ってくると釜山の駅で待っててくれて、そのまま時間がないからと船に乗せられたんです。ところが、切符を買っていないわけです。その人とはそれっきりで、僕はGパンの裏ポケットにお守りで十ドル札縫いつけてあったので、それで帰ってきたんですけどね。下関に着いたときは百円玉三個ぐらいですよ。それで広島の親戚のところまで行けばなんとかなると思ったんですね。東京で暮らしたけれど、僕は栃木出身でしょう。だから広島と下関ってのは遠近法でくっついているわけです、遠くから見てるから。ところが実際にヒッチハイクをやったら遠かったですね、あそこは。

――遠いですよ。

立松　いやあ、往生しました、腹が減って。そんなことがありましたけど……。

そのあとは、フランス郵船で横浜からマルセイユへ行きました。ラオス号という船でした。昔遠藤周作さんが留学するときは、ああいう船に乗ったそうですよね。あれがほとんど最後の航海だったのかな。まず横浜へ行って、横浜からマルセイユへ行って、その航海が終わったあと、その航路は廃止されたんです。あとは飛行機にとってかわるという。過渡期なんでしょうね。で、船でタイのバンコクまで行ったんです。そこからカンボジアにも行きました。飛行機はカンボジアに行ったときに生まれて初めて乗った。バンコクからプノンペンまで行きました。ちょうどカンボジアの戦争の前の時期ですよ。

――そうですね。

立松　ロン・ノル将軍がクーデターを起こす半年ぐらい前でした。ベトナム戦争はすごかったんですよね。

――ええ。

立松　そんな時代でしたね。この『国境越え』というのはその頃の体験です。だから青春時代というのは、なにか時代の渦みたいなものに乗っかっていたようで、楽しかったですよ。でも明日のことはあんまり考えてなかったですね。

――そうですね。私らもそうでした。

立松　それでよかったんでしょうね、結局。だから一流出版社に入ることになってうれしかったんだけど、ちょうど入る直前に『早稲田文学』に『途方にくれて』が出ちゃったでしょう。一作だけですよ、発表してるのは。そして『早稲田文学』というのはスナックみたいな雑誌ですよ、いまから思うと。ところが当時の僕から見ると、これは大メジャーだったんですね。もう自分は作家だと錯覚したんです。それで会社に行って辞めると言い切った。いろいろごたごたしたんですけど、確かに会社としては経費をかけて手間をかけて選考したんですよね。通ったのは六人でした。三人が編集で、三人は業務関係で、僕は編集の方に回されて、ある意味で未来は洋々と思っていたんですけど、しかしこの作品を書いて、どうしても書いて生きていきたいと思ったんですねえ。それが間違いのもとだというか……。

―― まあ、それはひょっとしたら、運命の分かれ道だったかもしれませんね。

立松 それは大きいですよ。

―― それで集英社に行っていたら、また違う未来になっていたでしょうけど。

立松 全然違うでしょうねえ。いまごろ社長かなって、それはウソですが（笑）。

―― いや、いまごろ『少年ジャンプ』の編集長になってたかも（爆笑）。

立松 もう終わってるでしょうね、僕の年としてはね。定年を控えて、たそがれてるんじゃないですか。

で、僕は結局辞めてしまったわけですが、そのあとは何をしたかというと、山谷に行って日雇い労働者。金がなくて、食わなくちゃいけないから結構長くやってたんですよ。いつも金がないってのはつきまとってるけども、金など過剰に欲しいんではないです。その日のご飯を食べるお金が欲しいというだけの話なんだけど、でも降ってくるわけじゃないしね。この『途方にくれて』はね、いまでもよく覚えてますけど、原稿料が一枚二百円だったんです。百七十枚ぐらいあるから、三万四千円。その三万四千円で大体一月暮らせたんですよ。

―― そうですね。

立松　最低の暮らしでしたけれどね。でもこの二万四千円で留年しました。僕はどこか気の弱いところがあるんですね。要するに、大学を出て就職もしていないとなんでもない人間になってしまうわけで、それが恐かったんですね。で、いちおう大学に残ったんです。卒業すればできたんですよ。でも、試験を一つぐらい受けないで、少ない単位の科目を落としたんです。なぜかというと一単位いくらなんですよ、留年するのは。

――早稲田はそうだったんですか。

立松　そうなんです。だから最低の値段の留年をして残ったんだけど、それはもうどうでもいいことでしたね、結果的には。要するに友達がだれもいなくなってるわけです。大学に行っても空白なんですよ。だからほとんど行かなかったです。サークルの後輩はもちろんいるけど、向こうもうっとうしいだろうしね。僕は『早稲田文学』なんかに書けと言われたんで、この年に四本書いたんです。そして、最後に書いた『自転車』というのが『早稲田文学』の新人賞をもらった。これは一年間に載った新人の作品の中のいわゆるグランプリですよ。賞金は二万円もらいました。いや三万円かな、忘れましたが。しかし、それだけでは全然生活できるものではないですよね。そういうことで、結局書き始めるということは僕にとっての希望だったんですよ、生きていく上でのね。

自分を支えてくれた周囲の人たち

——この本（『青春放浪』ほるぷ出版）を読ませていただいて思ったのですが、ユニークな友人の方がたくさんいらっしゃるっていうのはいいですね。

立松　ええ、いまでもね、本当に親しいですよ。

——立松さんのイメージからすると、麿赤児《まろあかじ》さん……。

立松　ああ、麿さんね。

——周囲から見たイメージと、ちょっとずれるなっていうような印象を受けるんですけど。

立松　みんな同じように迷ってたんですよ。麿さんもね、この間電話がかかってきて、「今度公演のパンフレット書け」とか言うんで、こちらも「はい」って、そんな感じですよ。この間も『オール讀物』に『新庶民列伝』という小説書かせてもらったんです。助けてくれるわけですよ、いろんな意味で。僕が勝手に書いちゃうんだけどね。彼らも助けてる意識はないでしょう。山下洋輔さんなんかもあの頃知り合いましたからね。名前の出ていない普通の連中も含めて、結構友達には恵まれてますよね。みんなおやじになっても、しょっちゅう会いますよ、いまでも。

―― 山下洋輔さんの例の自費出版のＬＰですが、ちょうど学生の頃、京大の西部講堂などで売ってるんですよ。いまでも私、後悔してます。あれをなんで買わなかったのかと思いましてね。

立松 あれ買ってたら、いますごいですよ。五万円ぐらいしませんか。

―― いや、もっとすると私は思いますね。覚えてたんですよ。それをこの本で初めて、立松さんと麿赤児さんがつくったということを知ったんです。その当時は大学一年生ですから、そういうのを全然知らなくて、本当に残念です。

立松 惜しかったよね。

―― その後、世界の山下洋輔になったんですからね。

立松 でも、みんな昔からやってること変わんないですよ。あれからえらい歳月、それこそ三十年も経ってるんだけど、山下さんもピアノ弾いてるだけだし、麿さんも踊ってるだけだしね、僕も書いてるだけですよ。

――このLPは新しい復刻版として、CDになっていますよね。

立松　これは自費制作みたいなものですよね。金儲けできると思ってやったんだけど、売れないでしょう。

――そうなんですか。

立松　いや、よくわからないですが。僕はいいよって言って、印税とか全部麿さんにあげちゃったんですよ。権利があるのかどうかよくわからないけど。

しかし、青春っていうのは年をとってから語るもんですねえ。その中にいるときは、それどころではないですもんね。生きるか死ぬかですから。

――そうそう、そうなんです。私も思いましたよ。それから就職されないで山谷で働いて、そして結婚されて、お子さんが生まれたんですよね。

立松　そうです。

――そのあと帰郷されて、それから五、六年、公務員をされたわけですが、帰郷されるときは、どんな気持ちでしたか。

立松　そういうでたらめな生活は、すごくエネルギーを使うんですよ。山谷に行って働いて、楽しいんだけど将来はないわけですよ。明日はない世界ですよ。原稿書いて、『早稲田文学』にぽつぽつ載せて、それから僕は『新潮』に一回だけ『今も時だ』っていうのを書いたんですが、それは学生運動の世界を書いたんですね。それが七一年の三月ですから、わりと順調ではあったんでしょうかね。

――いや、順調だと思いますよ。こんな言い方は大変失礼ですけど、幸せな作家人生だと思いますよ。友人の方々なり有馬先生とか、うまく見い出してくれる人と出会われたと、そう感じますよね。

立松　そうなんですよ。まだ書いてますからね。いろんなことがあって、そのときも僕は悲惨な生活だとは思わず、明るく楽しくやっていたんだけども、うちのかみさんなんかと出会って、そして結婚なんて話になって、生活がないうちに結婚しちゃったんですね。駆け落ちみたいなことをして……みたいなというか、はっきり言って駆け落ちだったたですけど。それで有馬先生がかばってくれて、仲人までしてくれてね。紋付きまで貸してくれて……。

――明け方まで飲んだというのは、結婚式の前の日でしょう。

立松　そうです。明日から独身じゃないなんて、どうだっていいわけですよ、口実はね。仲間と飲んでよれよれになって、結婚式に遅刻しそうになって。有馬家っていうのは大変な家で、久留米の殿様で水天宮の理事長というお家なんですよ。有馬藩の屋敷の中にあった水天宮で結婚式しろよって言うので、ありがたくそうさせてもらうことになったんです。いつでもいいって言うから、かみさんと行ったんですね。そしたら仏滅だとかで、空いてる日がいっぱいあるんです。でも、こっちはそんなもの関係ない。じゃあこの日って選んで、やったんですよ、有馬家の紋付き袴を借りてね。仲人をやってくれて、なんとなく収まったんですけど、それからがおもしろかった。相変わらず僕は山谷の労働者だったし、子どもができてしまってからインドに行ってしまった。それは青春かどうかはちょっと微妙ですけどね。

インドからの帰国後、第一子と初対面。

やっぱり自分には書くことしかできない

立松　結婚してから生活に行き詰まって、田舎に帰ろうと思ったんですけど、就職口がないんですよ。なんでもやるならあるんでしょうけど、いちおう大学卒とかそういうのが結構ネックになっちゃうんですね。自分の意識の中にもそういうのがあるし、親としたら大学まで出してっていうのがあるじゃないですか。だから、選ぶとかそういうのではなくて、それらしいところであればどこでもよかったわけです。それで市役所に入って、五年九カ月そこで勤めましてね。けれど、その間もどうしても書きたいんですね。

――普通だったら田舎に帰って市役所というか、それなりの安定したところに行き着くと、そこでもう終わってしまう人も結構いるじゃないですか。

立松　あの頃は、東京でうろうろして中上健次と知り合ってるし、津島佑子さんとか高橋三千綱とかとも知り合いだったわけですよ。みんな似たようなもんで、放浪者というか、海のものとも山のものともつかない連中ですけど。で、その中で中上ががーっと世に出てくるわけですよ。彼は僕より一つ上ですね。僕は田舎で公務員をやっていて、書きたいという衝動にかられてた。書いてたんですけど、なかなかうまくいかなくてね。それで鬱々としてくるんですけど、しかし外見的には、多分一番幸せだったのは市役所時代じゃないかなあ。特にかみさんはそうだと思いますよ。弁当持って自転車で通ってて、夕方まで帰ってこないんだから。でも確実にいる場所はわかるし、給料もあるし。たいした高い給料じゃないけど食えるわけですよね。

―― 東京時代は、言ってみれば行き先はわからないですからね。山谷で働いて仕事終わったら新宿に行って……。

立松 そうですね。僕は、いまでもどっちかというとわけのわからない生活をしてますけど、厳しいスケジュールでもどこに行っているかはわかりますけどね。でも、公務員時代は決まってる生活ですよね。結局、どうしても書きたいっていう想いが強くなりましてね。市役所を辞めたのも、作家として飯が食えるとかそういうので辞めたんじゃないです。ただ辞めたんですから。背水の陣とかそんな想いはなかったけど、そのときは子どもが二人いましたから、しばらくまた昔のようにやるべと思ってた。そしたら『遠雷』が書けたんですよね。今年、『遠雷』が翻訳されてアメリカで出ました。去年は中国で出たんですね。芥川賞はもらえなかったけど、なんとなく野間文

ペルー、チチカカ湖にて。

芸新人賞というのをもらって、みんなが書けって言ってくれて一所懸命書いてきて、ここまで来ちゃったんですけどね。書いてきた人生というか、結局それしかやってこなかった。旅はいまもしていますけど、結局書くためですね。

それで右往左往してるけど、当時は小説家の場所は遠い星のよう、月のようでした。あこがれて、ああいうところへ行ってみたいなと思ったわけですね。月に行きたいって人類は長い間思ってきたでしょう。それは、かぐや姫の時代よりもっと前からでしょうが、アームストロング船長が行って、着いたところは砂漠ですよね。乾ききった不毛の大地です。そんな感じするんですね、いまは。

――そうですか。

立松 いや、不毛の大地というのではないんだけど、非常に苦しいところですよ。遠くから見てると、光っていて、ああ、いいなあと思ってた。けれど、銀座のバーに行ってきれいなお姉さんがいっぱい周りにいてなんてのは、流行作家の世界で、僕らは最初からそういう道は歩んでない。小説を書いていくというのは遅々とした歩みで二十年ぐらいやってきてますけどね……。

――三十年になるんじゃないですか。

立松 でも十年は食えなかったですからね。まあ、書き始めてちょうど三十年ぐらいですね。十年間は公務員とか、山谷の労働者とかをして生きてきたけれども、いま考えると大変でしたよね。当時は楽しかったけど。広漠たる荒野を一人行くみたいな感じですね。本当にそう楽な世界ではないけども、どこまでも行きたいですね。青春時代にやったことが、そのまんまつながってるということが幸せなのかなと思ったりもしますしね。僕は早稲田大学の政治経済学部経済学科なんですが、大学の友人はみんなわりといいところへ就職しているんですよ、一部上場企業なんかに。

――そうでしょうね。

立松 大学が終わってからドロップアウトしたの、僕だけですから。みんなにどのように言われていたのかわからないけど、あまりよくは言われてないでしょうね。で、最近時々電話がかかってきたりして同窓会をやろうとか言われても、忙しいものだからなかなか顔を出せないんだけど、電話で話すとみんな疲れてますねえ。サラリーマンも五十過ぎるとたそがれて。

――ええ、五十過ぎるとリストラとか社会のしがらみがあるんですけど、いわば戦った世代じゃないですか。あれだけ戦った人たちがね、個々の気持ちを忘れたのかなという感じはしますよね。

立松 そう。戦って、負けたというのは大きいんじゃないですか。こういう時代になってしまったというのは、ある意味すごく責任があると思いますよ。僕らの世代は子育てに失敗したなあって思う。僕も自分の世代に対して言いたいことはいっぱいあります。決してうまくいったとは思わない。というか、逆に失敗だったと思います。

結構この年代になるとね、時々飛行機の中や新幹線なんかで「横松」って声をかけられて――僕は横松というのが本名なんですが――だれだと思って振り返ってもわからないんですよ。俺だよ、俺だよって名乗られて、やっとわかるんですが、高校や大学の同級生、みんな腹が出たり、頭がはげたりしていて、それは切ない歳月があるからなんだけども、容貌が変わってるんですよね。すごくみんな疲れてる感じがしてね、なにかそれが痛ましい感じがします。僕も疲れてますよ。だけどなにかこう、そのとき僕は置いてけぼりくったみたいな感じでね。みんなバーッとすごい気合いが入って羽ばたいていったわけ。で、僕はそれこそ蟻んこみたく歩いてきたわけですよ。話してると、誰々が役員になったとかなりそうだとか、そんな話ばっかりでね。結局会社で生き残るためには役員にならなければ定年で辞めなくちゃいけないですからね。

――そうですね。

立松　それでね、いま同級生と意識があまりにも離れちゃったんです。今度集まろうぜとか言うと、ゴルフのできる場所がいいなとか言うわけですね。僕はゴルフやらないからっていうか、実際やりたくないんだけど、ゴルフ場反対運動をやってしまっために僕はゴルフをやらない人間なんです。

――私もゴルフは嫌いです。ゴルフ亡国論ですから、私は（笑）。

立松　だから時代的に同じところで学んできた年代も、ドロップアウトした人間にも本当に親しい友達が多いです。磨さんなんかもそうですよね。あれほどのドロップアウトはないですから。でもいまは舞踏家としても役者としてもすごいですよ。学生運動でドロップアウトした連中とかも、五十になれば、そこそこにみんなやってるわけ。早稲田卒業して医者になったやつもいるんですから。群馬大学医学部に入り直したりしてね。すごくいい奴が多いですね。

作家としての決着だった『光の雨』

――もう一つ、『光の雨』について聞きたいんです。さっき学生運動のときのお話がちょっと出たんですけど、これを書かれたとき、学生運動への想いみたいなものはあったんでしょうか。これは誤解かもしれませんけど、この作品というのは、いわゆる立松作品の中では異質なイメージがあるんです。立松ファンでも読めない小説じゃないかな、というふうに思ったんですよね。連合赤軍事件のあった一九七二年。私らの世代にとっての心の澱《おり》みたいにしてずっとあるんですけど。これは、文章が難しいですよね。

立松　理解しやすいですよ。

――　いや、「殲滅戦」とか「パルチザン」だとか、そういう言葉が出てきて。私はある程度わかるんですよ。そういう言葉は、大学に行けば日常的に氾濫していた時代ですから。で、この作品についてちょっとお聞きしたいなと思いまして。これも千枚ですから大変な量ですけれど、一気に読んじゃいました。

立松　時代に押されて書いたってところはあるかもしれませんね。ものを書いていて、いつかここに行くだろうっていう予感はあったんですよ。だれも書かないじゃないですか。書けないんですよ。やっぱりいろんなしがらみもあるし、現実に顔も知ってるしね、死んだ人間のね……。僕はそんなに一所懸命学生運動をやって、のめり込んでいたほうでもない。冷めてましたけども、連合赤軍の彼らは生まじめでしょう。ものすごい生まじめだったでしょう。

『光の雨』（新潮社刊）

――ええ、そうですね。

立松　そして、僕なんかの中にもね、もしかしてこういうふうになったんじゃないかと思う気持ちもあるんですよ。僕もどこかやっぱり生まじめなんですよ。そして、ここまでいっちゃったためにその後の時代が大変だったわけですね、みんな。いまでもそういうことがありますよね。ここまでやるかっていう恐ろしさね。しかし論理を進めていけばやっぱりなるんですよ。完璧な革命戦士になるためにどうしたらいいかというので、短期間に自己の内にある矛盾を一切解消しようと試みるようなものすごいことをやって、結局殺し合いになっちゃって、運動は壊滅していく。それは同時に日本の学生運動の壊滅でもあったわけですよね、新左翼のね。この事件はあまりにも影響が大きくて、僕らが生きてきた時代の一つのシンボルですよね。そしてここまでやったことが、その後のいまの時代のどこかにつながってると思ってるんです。

作家として格闘したいなあと思って、最初に始めたときにちょっと準備不足もあったし、あいさつをちゃんとしてなかったというところがあって、いろいろ僕は失敗してつらい目にも遭ったんです。で、立ち直って、これを書かせてもらったんですが、やはり一度、作家としての決着をつけたいなあと思いまして。それと自分の青春との決別というのかなあ……、五十顔下げて決別もないんだけど。実はこれを書くのに十年ぐらいかかっているんですね。やはり一度取り組みたいと長年思っていた作品です。だれでもそうだと思うけど、僕は自分の青春、生きてきた時代っていうのを、検証したいっていう気持ちが強いと思うんですね。なぜなら、そんな中から自分が出てきたから。

僕はもう一つの作品をいま準備してるんです。昨日も出版社の人と話したところだったんだけど、田中角栄を書こうと思ってるんです。

――あの田中角栄総理の……。

立松 そうです。同じ時代の、連合赤軍とは対極のもう一つの世界ですよ。

――そうですね。これが七二年で、日中国交回復も七二年ですから。あのときは田中角栄の一番……。

立松 真っ盛りですね。僕はちょうどそのときインドにいたんです。だから現場にはいないんだけど、ただ、いま考えると、一つの影の部分では連合赤軍。もう一つが、光とは言えないけれど、田中角栄ですよね。いま非常に影響を及ぼしている国のあり方、環境破壊の問題一つ取ったって、角栄の影響というのはすごいですよ。田中角栄をそろそろ始めなくちゃいけないと、昨日尻を叩かれたんですけども、これはもう長いこと準備してるんです。そして『日本列島改造論』とかも手に入れて読んでるんだけど、これをもう一冊書いて、僕の生きてきた時代の青春編としたいですね。心の青春編ですね。ただ、まだ何年もかかるでしょうね。いろんな大変な仕事始めちゃってますのでね。道元も書き始めてます。十年の仕事です。いま、木喰も書いてるんですけどね、まあ、苦しいですね。どれもが山脈のような世界です。でも、それは自分で望んできたことだから、だから例えば『光の雨』を書けたことで幸せなんですよ。幸いこの本自体は結構受け入れられて、多少売れましたからね。

―― 私はこの作品が一番好きです。

立松　ありがとうございます。いろんな苦しい思いをしながら、一所懸命書いた作品ですよ。裁判資料もいまはもうしまってしまったけれど、軽トラック一台分ぐらいありました。しかし、すさまじい事件だったなあって、書いてみて改めてわかるんですよ。友達の映画監督が、映画化したいっていま一所懸命やってますよ。僕らの世代はどこかで心に決別したいみたいなところがありますよね。表現者として、小説家は小説を書くべきだろうし、映画監督はスクリーンへ映し出す、自分の持ってる武器を使ってどっかでやりたいんですよね。これで終わったとは思ってませんけど。ただ、批判もおありでしょうが書かせてもらいましたという気持ちですね。完璧なものなんてできないですよ。

清水義範

【第三章】夢に向かってまわり道〜思い続けるエネルギー〜

清水義範（しみず・よしのり）

一九四七年愛知県名古屋市生まれ。七一年、愛知教育大学卒業。八一年、『昭和御前試合』で文壇にデビュー。八八年には『国語入試問題必勝法』で第九回吉川英治文学新人賞を受賞する。『金鯱の夢』『偽史日本伝』（集英社）『虚構市立不条理中学校』『親亀こけたら』（徳間書店）『バールのようなもの』（文藝春秋）『笑説大名古屋語辞典』（角川書店）『尾張春風伝』（幻冬舎）『死神』（ベネッセコーポレーション）『本番いきま〜す』（実業之日本社）『蕎麦ときしめん』『永遠のジャック＆ベティ』『ザ・対決』『青二才の頃』（講談社）など著書多数。

一九九九年十一月九日、東京・高円寺の自宅にて

教育大学入学当初から「先生にはならない」と思っていた

――ご本を拝見していてわかったんですが、先生は教育大学のご出身なんですか。

清水 はい。

――教育大学といいますと、大学に入るときには学校の先生になろうというような、そういうお考えだったんでしょうか。

――いや、そうではないです。まあ、家の事情もあって、名古屋で通える大学へ行こうということで。僕の頃は公立では、国立大学一期校と二期校というのに分かれていて、二度受験のチャンスがあったんです。その他に県大、市大が別にありましたけど。で、一期校の方で、第一志望の大学に合格できなかったもんですから、もう愛知教育大に行くしかなかったんです。

――そういうことなんですか。そこは二期校だったんですね。

清水 そうだったんです。はい。

――私は熊本の出身なんですけど、熊本大学が私の通っていた高校のすぐ近くにありまして、大体、教育学部というのは、先生になるならないは別として、まあそこに入って、地元にいようかっていう、結局そういう人も多くいましたよね。

清水　要するに、名古屋大学文学部に不合格で、一浪もしてますから、まあ、どっか入らなきゃいけないということで愛知教育大学の国語科というところを受けたんです。まあ、国語なら少しは似たようなところだなということで。ですけど、それは珍しいケースで、当時はあそこに入った大学生はほとんど学校の先生になりました。ですから、そこへ入っておきながら、四年間、絶対先生にはならないぞと思っていた私は、ちょっと珍しい存在だったんです。

――あ、もう最初からそういうのは全然なかったんですね。

清水　はい。

――失礼な言い方ですけど、十八、十九に大学に入って、最初から鬱屈した青春時代が始まったわけですね。

清水　うん。しかし、一方で先生向きな資質も持ってるんで、教育実習に行ったり、教育学部で勉強するのは、そんなに嫌じゃなかったですけどね。だから絶対先生にならないぞっていうのは、先生が嫌いだからじゃなくて、きょうのインタビューの本筋に触れることだと思うんですけど、僕は、もう十八歳ぐらいから小説家になりたいというような人生の目標がくっきりとありましたから。

——もうその頃から強い意志があったんですか。

清水　はい。で、学校の先生になってしまったら、それなりに資質的に向いてるところもあるし、誇りも持てる職業だし、そのまま愛知県の学校の先生で終生終わるなっていう予想を立てて……。だから先生にならないと思ってただけで、先生が嫌いとかいうんじゃないんです。愛知県の学校の先生やったらそれでおしまいだなと思っていたんですね。だから絶対、卒業後は情報量の多い東京へ出ようと。そう最初から決めて、大学生をやったんです。ですからその四年間は、文学の周辺で同人雑誌など出したりして、遊んでいることの許される執行猶予の期間だと思って、そんなにブルーでもなく、やっていましたよ。精神的に先のほうにある不安というのは、就職のときにうまくいくだろうかということでしたが。

——そうなんですか。しかし一九六〇年代も終わりというのは、先生もちょっと本で触れられていますけど、空騒ぎの時代っていいますかね、それが激しい時代であったことは確かですよね。その中で、いわば地方の教育大学での青春時代っていうのはどういう生活だったんでしょうか。

清水　ええ、一方では学生運動の盛んな、政治の時代でしたよね。

――ええ。

清水　愛知県あたりでは、そりゃ東京とは全然違って、それほど大きな騒ぎがあったわけではありませんけれども、それでも時代の中で、学生はストをしたりデモをしたり、立て看を書いたりといった風潮もありました。愛知教育大学ですら立て看は立ちましたね。あれが革マルだ、あれが民青だとかいうのがありましたから。で、それに関して僕は、そこ（『青二才の頃』講談社）にも書きました「ノンポリ」っていうやつですね。あまり運動にはひっかからない無関心派でした。ですから、いろんな意味で、きょうのインタビュー全体を通じて前置詞のように断っておかなければいけないのは、非常に例外的な珍しい学生だったということです。

学生の頃っていうのは、自分が将来何になるんだろうとか、何が望みなんだろう、どういう方向を目指してるんだろうっていうのがわかっていればもう既に一歩リードで、みんなそれがわからないから、どうしたらいいかと迷うものなんですよね。じゃあ、いま何をしようかとか、俺は何を希望してるんだろうかとか、それが難しいところなんですけど。僕の場合は例外人間で、最初から希望だけはくっきりありましたか

『青二才の頃』（講談社刊）

ら、学生運動、政治運動にも無関心派だし、なんだか浮いたような感じでした。教育大学にいながら教育論議も横で聞いてるような……。それでひたすらやったのは、同人雑誌に小説を書くことだったわけです。読むことと書くことですね。それを高校時代に知り合った仲間と会をつくってやってたんですけど、そこの代表者というか編集長でした。それは高校時代に始まっているんですけどね。高校二年生のときに謄写版印刷で自分たちで小説をまとめた雑誌を二冊出して、浪人中にも出して、大学生のときにはそれをタイプ印刷に変えました。実を言うと、それは社会人になってからもまた誌名を変えて出したりして、全部で三十五冊ぐらい出しているんですけど。

――ずいぶん続いたんですね。

清水　はい。そういうことを学校の友人たちも、もう知っていて、清水は別格の変人みたいなやつで、小説を書いてる男だからっていう感じで、もちろん学生っぽく議論したりもしましたけど、なにかちょっと、別分野の人としゃべるみたいな感じでいましたよね、向こうも。

――まあ、私も大学に入ってすぐに文学研究会みたいなサークルのドアを叩いたんです。それ以前はすごい田舎の高校生だったわけですが、そうしたら、次元の違う議論が延々と続いて、もう深夜まで、あるいは明け方までずっと続きまして、なにかちょっと面食らいました。私は結局短期間でやめちゃったんですけど、なにかそういう議論がはやってましたよね。

清水　議論、やりましたねえ、私らの頃は。

――そういう議論が先行する時代だったんですよね。私が大学に入学した七〇年は、先生もこの本に書かれているように、赤軍派の学生とかがぎくしゃくとうろついているという雰囲気だったような感じがしますよね。私なんかももういま、四十代も終わりになってきて、いまの二十代の人たちを見て、いくらこういう赤軍派の怖い学生の人たちでも、いろんな世界でハネ回っていても、みんな、やっぱりそういうところで、気持ちの中ではぎくしゃくとしてたんじゃないかなと思いますね。七〇年っていうのは、やっぱり時代のスクランブル交差点みたいな雰囲気があったんじゃないかなと、そういうふうに思って。

清水　はい、はい、はい。

——ちょうどその時代に生きていたもので、ここのところが、読ませていただいてすごく共感したんですよね。

清水　でも、学生が学生っぽい時代だったとも言えましたよね。やっぱり、団塊の世代というのは人数が多く、大きなかたまりでいる。ということは、エネルギーがあるもので、それで、ある者はストレートに反戦運動やったり、安保反対をうたったり、そういう立て看書いたりもしますけど、それをしない人間でも、議論をするような特徴があって大学生らしいことでしたね。大学生が議論したっていうのは、あのぐらいが最後なのかしらんと思うぐらい。やっぱり議論しないと大学生らしくないなと思うんですけど、あの頃はそういう議論する学生がいましたね。非常に世間知らずの稚拙な議論をしていただろうとは思うんですけれども、若いってことはそういうことで、そういう若さの可能性というか、情熱というか、なにか新しいこと始まるんじゃないかというような、そういうような時代でもあったなと思いますけどね。

――そうですね。それは、まあ、そういう政治とかそういうことだけじゃなくてですよね。

清水　はい。そういうことじゃなくて。そういうふうに団塊の世代が若者のファッションをジーンズにして、自分たちが結婚して子どもが生まれたらニューファミリーっていうものをつくって……というような意味で、やっぱり新しい時代をつくってきてますよね、自然とね。

――ええ、そうです。音楽とかを見ても、やっぱりあの頃からずいぶん変わったというような感じがしますよね。

清水　そうですよね。

――例えば歌謡曲一つ見ても、それ以前の歌謡曲のサウンドとそれ以後のサウンドっていうのはやっぱり違いますよね。

清水　だから若者でいるということがおもしろい時代でしたよね。いまの若い人は難しいんじゃないかな、かえって。なんでもできるようでいながら、何をやってもあまりおもしろくないんじゃないかしらと思うんですよね。

――まあ、物があふれてるっていうこともあるんでしょうね。七〇年当時は高度成長の時代でしたが、そんなに物があふれてるわけでもないし、まだ日本は貧しかった時代ですから。

「なりたい」と思うこと、そして思い続けること

——話は戻りますが、先生は学生時代からもう職業作家になるんだという目標をお持ちだったのなら、自分なりのスケジュールみたいなものを立てていらしたんですか。

清水　まあ、なかなかスケジュールどおりにはいってませんで……。結果的には、無理矢理上京して、か細いつてをたどって小さな会社に入って、例えば新人賞なんかに応募して、早く会社を辞めたいと思いながら十年間サラリーマンをやったわけですから、決してスムーズにはいきませんでした。ですから計画がきちっと立ってたというよりも、やりたいことだけ、それしかなかったという、そんなふうでしたよね。

——考えようによったら、だから十年のサラリーマン生活も耐えられたというところもやっぱりあるんですかね。

清水　ええ、まあ、そういうことですね。

――普通、よく聞くのは、俺は作家になるんだ、あるいは政治家になるでもなんでもいいんですけど、そう言って地方から東京へ有象無象出ていきますよね。で、結局、どこかで挫けて田舎に帰っていく。あるいは相変わらずサラリーマンをやっていた、という人の方が大半だということなんですけど、先生の場合は、自分はどうしても職業作家になるんだという意志がやっぱり強かったんでしょうか。

清水　結局それはいろんなふうに考えられて、僕もあるときはAの角度から考えて、あるときはBの角度から考えてというふうで、考えがなかなかまとまらないんですけど……。

まず、なりたいって希望するっていうことは、その希望の段階で二種類あるんじゃないかという気がするんですよね。なんで小説家になりたかったのかと考えると、非常に古くにさかのぼれば、小学生のときに小説というものを読んだときからこういうのいいなと思ってたようなところもあるわけですから、いつからなりたかったんですかと言われると、小学校のときのようでもあるし、高校のときのようでもあるし、答えに窮するんですけど、なりたいと思うってことは、なれるような気がするってことなんですよ。そういう「なりたい」っていうのと、もう一つは、それだったらいいなという、その職業に就いたら非常にいいぞ、おいしいぞみたいな「なりたい」と、二種類あるんじゃないかと思うんです。

―― そうですね、ええ。

清水 子どもながらに直感的になにかなれるような気がすると思った「なりたい」ですから、それだといいなという「なりたい」とは、ちょっと違うと思うんですよね。で、それだといいなぐらいの「なりたい」だと、やっぱりそんなこと夢見た時代もあったけどだめだったわ、という話になるケースが多いだろうと思うんですね。

―― 九割以上はそうですよね。

清水 はい。だから、なにかなれるような気がする。自分の持ってる能力でいいような気がする。書きたいことがあるような気がする。そういう意味で僕は作家に「なりたい」という希望を持ってましたね。

―― やっぱりその、書きたいことがあるような気がする、そういうことでしょうね。

清水 そういうことなんですよね。で、そういうなりたさは、そのレベルだとした上で、僕と同じようななりたさを持っている人に忠告するとしたら、次に必要なのは、なりたいことをやめない資質を持っていることなんですね。つまり、希望を持ち続け

るっていうのはすごいエネルギーのいることで、なりたいと思ってまだなかなかなれないときに、なりたいことを捨てないっていう、これも一種の才能だと思うんですね。なりたいと思い続ける能力、思い続ける才能がいりますね。これは二番目の段階で、それがあることが大事ですね。で、最初に言ったような意味でなりたいと思った人が、なりたいと思い続ける、十年なれなくても捨てない能力を持っている、そういう人はもう大抵なれると思いますね。この二つがあれば。そんなにもなりたいっていうのを捨てられないっていうのは、もう才能ですよね、能力ですよ。

―― そうですね。

清水　そうしたらなにか形がつきますよ。

――だけどやっぱり、学生のときにそういうふうに思っていても、みんな卒業して社会に出てから、五年、十年経って、当初の志を維持し続けるというのはやっぱり難しいですよね。

清水　難しいです。難しいですし、それから、多くの人には必要ないものですけどね。つまり、なりたいものがない人たちから見たら……。

――まあ、確かにそれはそうですよね。

清水　どうしてもなりたいと思い続ける才能もいりませんよね。それでなりたいと思うものがある人がなり得たというケースが、ベストかどうかはわかりませんよ。もちろんその人にとってはベストですが。

――ええ。

清水　その人はなりたいと思っちゃった人なんですから、こういう人はなれたらよかったね、なれなかったら残念だね、ということです。しかし、べつになりたいものもないし、俺は普通に大学出たサラリーマンだろうなと思って会社に入って、入ったからには課長になりたいなと思ってまあ頑張ってやってきたよという人と、どっちがうまくいったかって言ったら、全然比較になりませんよね。

――ええ。

清水 でも、そういう特殊な職業に就きたい人はそんなに多くないはずなんで、それ以外の人にとってはその希望の持ち方って全然違う形であるわけだろうから、別なんだと思いますね。「なりたい」の種類を最初二つに分けましたけれども、いまの子どもたちがなりたいっていうと、漫画家、タレント、声優なんですよ。そういう「なりたい」の話をされては……。そりゃあ子どもの頃、そんな夢も見たねえという話であって、大抵高校生ぐらいになるとどうも漫画家にもタレントにもなれないなとわかって、それで生きていくわけでしょう。それは、なりたいものがあったのになれなかった人という範疇には入らないと思うんですよね。

だから、そういう意味での夢みたいなものはだれしも持つでしょうけど、また全然別のことで、特に若い人に向けた話をすれば、どの職業に就きたいという形だけで「なりたい」ということを考えるんじゃなくて、なにか伸び伸びと大きく生きたいとか、俺らしく曲げないで生きたいとか、そんなことが人生の目標であって、そういうふうにうまく生きられれば成功なわけですよね。そういうことだと思います。就きたい職業に就けた人はうまくいった、ということではないんですよね。

地方と東京のギャップ

――話はちょっとさかのぼりますが、七〇年に東京に就職試験で行かれたとき、七一年に就職のために上京されたとき、この時のお気持ちを聞かせていただけますか。他の地方から上京していた若者たちと似通ったところがあると思うんですけれど。

清水　あると思います。僕の場合はすごく背水の陣という感じがありました。自らすごい妙なコースを選んでしまったということですので。でも、わざとそうしたっていうような気持ちがありまして、学校の先生になってりゃ楽なんですけど。

――そうですよね。

清水　要するに、学校の先生になるのは、あの大学にいる限り非常に簡単でして、卒業間近に県の教員採用試験というのがありますから、それを受ければいいわけです。そうするとほとんど全員が受かります。愛知県はちょっと厳しいところがあるので、学生運動をやってちょっと目立ったやつとかがダメなこともありますが。でも、そんなのは国語科に一人いるかいないかぐらいで、成績でというよりも、大抵そこを卒業できるなら受かるんですよ。それで僕の場合はその教員採用試験を受けなかったわけです。ボイコットしたというか、僕は受けません、と。だから卒業式の日に就職が決まってないのは僕一人なんですよ。でもこれは俺が決めたんだっていう、追い詰められたような、「背水の陣なんだ」という気分がすごくありましたね。それで、そのとき文通していた人が「こんな会社どう?」って、紹介してくれたんですよね。半村さんですがね。

――半村良先生ですね。

清水　もうどんなところでもいいと思ってましたから。僕の予定では本当に新聞の求人広告を見て、どっか入れればいいやと思っていました。けれど、それはかなり逆の意味で言うときつかったですよ、本当は。だって東京に出てくるのにあても何もなくて、先に学研に入社した同人雑誌時代の友人がいて、ほとんどそいつの四畳半に泊めてもらうしかないわけですから。それでそいつは「きょう出社だ。新入社員第一日目だ」と言って、朝、働きに行きます。それから私は、「さあ就職、職探しに行かなきゃ」というような毎日。それでなんとか決まっても、なんだかどういうところかよくわからない。それでも、どうもいちおう給料がもらえるようだと思って、一カ月の居候の後、自分の四畳半のアパートを探して。つい心細いから、その友人のすぐそばで探してしまいましたからね。

――そりゃそうですよね。

清水 そうなんですよ。そういうふうに自分が入った会社は何やってんだかわからないし、変なアングラ劇団みたいな会社に入っちゃって大丈夫だろうかというような気がしてたし、こんなことやりに来たんだろうかっていう気もするし。それは、ある意味で非常にきつかったですよね。

普通の一般住宅の二階を四畳半でいくつかに区切っている、学生が入るようなところに入ってるわけですよ。で、ドアの外に炊事場があって、トイレは共同なんですよね。風が吹いてガラスがガタガタいうのが恐いんですよ。生まれて初めて一人で暮らすと、木枯らしが吹いて、風でガラス戸が鳴るのが恐い、心細いんですよ。精神的にはハードな環境でしたね。で、こっちからすり寄っていったんですけど、その友人となるべくよく会うようにして、お互い新入社員同士、「こんなことが嫌だった」とか言い合ったり、銭湯に一緒に行くとか、そうやって慰められ、やってましたよね。

学生時代は、みんなまじめな学校の先生になりたい同級生の中で私だけが同人雑誌をやって、お兄ちゃんぶって文学談義なんかやると、君ら子どもとは理論がかみ合わないなあなんていう顔してるような、それでも全面的に嫌みなやつだけではなくて、おもしろいことも言う、ユーモラスな快男児っていう感じでいたわけですよ。東京へ出てきて、自分で情けないんですけどね、自分が洗練されてない田舎者だということがすごくわかるんですよ。で、向こうもそう見てるだろうなというのもわかるし。郷里では快男児だった分、二つ重なってますよ。大学生になるときに東京に出てきてそのまま就職するタイプの人は、ここのところはあんまりわからないんですけど、普通、社会人になるときに上京した人は、みんなちょっと似たような気持ちを味わっていると思いますよ。大学生活が地方だったら、地方文化人なんですよ。特に小さな都市ほどそうですね。

――ええ、そうですね。

清水　大学が一つしかないような街で大学生をやってるってことは、この町にジャズ喫茶があるのも、アングラ芝居が来るのも、アートシアター系の名画の上映会を開くのも、その大学生がいるからなのであって、彼らは街の文化人としてぶいぶい言わしているわけですよ。名古屋はそれほど小さな街ではありませんけれども、そういうのが東京に来てしまうと、今度は、あか抜けない側に回るんですよね。自分でもわかるんです。だけど、あまり状況が厳しいから、どうしてもおどおどした側になっちゃうんですよ。だから二、三年、そういう悔しさをかすかに感じてましたね。だから、仕事をしてても、いまこういう人たちと知り合うのはつらいなあという感じです。この人たちの思い出としては、名古屋から出てきたまじめで気のきかないお兄ちゃんいたよねっていう記憶になるんだろうなーということがわかるんですよ。でも、そこからなかなか抜けられないわけですね。それでも、まあ、やっぱりそれでもまじめだよとか、仕事やらせりゃすげえよとかいうふうにして、だんだんそれを乗り越えていくわけですけれども……。

最初は仕事だって要領もわかりませんしね、いきなりいままでやったこともないようなことをやらされますでしょ。ファッションについて書けなんて言われて、ええー？　っていうようなもんですよ。ですからどうしたって、これはだれだってそうなのかもしれないけど、あのときはそういう、なんていうか情けない感じもありましたね。

――それでずっと、違和感を持ちながらサラリーマン生活を送られると……。
清水　まあ、二年、三年も経つとその中に慣れてきますから、サラリーマンの方では楽できるようになりますよね。でも、今度は二年、三年経ってもまだ小説家になれないよっていう想いが生まれるわけです。まだ私はこんなことをやっているのかっていうのもありました。そういういろんな意味で、十年間サラリーマン生活を送るっていうのは、ある面ではうまくやったんだけど、ある面ではもうよく落ち込んだというか、そういう鬱《うつ》の時期でしたね。

十年間のサラリーマン生活は意味があった

――で、そのサラリーマン生活が、ちょうど十年ですか。

清水　ちょうど十年です。

――実は私も、ちょうど十年、普通のサラリーマン生活をやりましてね。私は大阪の心斎橋でなんですけど、とにかく、あっという間に十年が過ぎ去りました。もう、とにかくビルの窓からイチョウ並木を見る十年で、本当鬱々鬱々して、「こういうサラリーマン生活をやるために出てきたんじゃない」というような気持ちを持っていたんです。けれど、いま畑違いの出版の仕事をやってますけど、それが役立ってないことはないんですよ。

清水　はい、はい。

――先般、筒井康隆先生にもこういうお話をお聞きしたんですけど、筒井先生もサラリーマン生活をやられてて、やっぱりそれはなんらかの形でいまに生きてるということをおっしゃっていたんですが、清水先生の場合はどうですか。

清水　それはもう、まったくそのとおりです。その十年間が、どれだけ多くのことをもたらしてくれたかという気がしています。その十年間があったからこそ、いまも小説家をやっていられるのであって、大学生ぐらいのときはまあ、小説を読んで、同人雑誌にしこしこ書いているぐらいの、社会性も何もない人間が、懸賞応募して、例えばいきなり入選してしまってデビューしたとしても、ものを書くって感じはしませんよね。十年間で僕は社会性というものを身に付けることができた。それがなかったらもう薄っぺらだったと、そう思います。

――だから例えば、大学を出て一年かそこらぐらい、もしくは在学中に新人賞でも取って、それからほとんどサラリーマン生活をやることなく、職業的な作家生活になったとしたら、また違う人生を送っていたんでしょうかね。

清水　それはそれで、そういう人もいますけどね。そういう人はそういう人で、作家になってからなにか勉強してると思います。勉強しなきゃあね……。

――先生もよしんば、そういうふうにいきたいと思っていたと。

清水　もちろん、そういきたいと思っていたわけです。そうならないもんかと。

――じゃあ、世の中やっぱり厳しいですよね。

清水　はい。ところが、僕は文学に関心があるんで、政治のことなんか関心ないよというノンポリ学生をやっていて、新聞もろくに読んでないわけですよね。政治ってどういうことなのかとかなんにもわからないわけですよ。ただ、俺は文学がわかるからいいんだみたいな、そういうのが大学生ですから。そういう人はどうしようもないですよね。なったあと大勉強するでしょうね、きっと。探検したりね、世界じゅう回ったり、政治運動に自ら関わっていったり。そういうのは、そうやって自分で勉強してるんだと思いますよね。だから、なってしまえばなってしまったで、そういう努力の方法はあるとは思いますけれども、僕の場合、作家になれなかった十年間は、どちら

郵便はがき

6638166

切手を貼って
お出し下さい。

（受取人）
兵庫県西宮市甲子園高潮町6－25
甲子園ビル3F

株式会社
鹿砦社
行

◎読者の皆様へ

ご購読ありがとうございます。誠にお手数ですが裏面の各欄にご記入の上、ご投函ください。
今後の小社出版物のために活用させていただきます。

読者カード

お名前《ふりがな》　　　　男・女　　　年生れ	
ご住所 〒　　　　☎	
ご職業 （学校名）	所属のサークル・団体名
ご購入図書名　この人に聞きたい青春時代	
ご購読の新聞・雑誌名（いくつでも）	本書を何でお知りになりましたか。 イ　店頭で ロ　友人知人の推薦 ハ　広告を見て（　　　） ニ　書評・紹介記事を見て（　　　） ホ　その他（　　　）
本書をお求めになった地区	書店名

本書についてのご感想、今後出版をご希望のジャンル、
著者、企画などがございましたらお書きください。

かというと、風俗だとか流行だとか、若者文化みたいなことにどっぷりつかる会社だったので、時代性を見る目とか、そういうようなものが身に付きました。これがあるのが、もう、私の書く本のひとつの特徴のようになっていますから、そういう意味で必要な十年だったということはもう否定しようがなく、それはよくわかってるんですけどね。ただ、実際そのときには、早くこの時代が終わらないかと思っていたということです。

――ゴーストライターや、会社の仕事でこのようなインタビュー記事とか、いわばでっち上げ記事っていうんですか、そういうものを書かれたりした経験はやっぱり役立ってますよね、なんらかの形で。

清水 ええ、もちろんそうです。

――しかし、それも本来なら、当時はあまり気の進まないお仕事だったわけですか。

清水 でもまあ、それに近い方面は得意だという感じで、喜々としてやるとまでは言えないけど、平気でこなしてましたけどね。インタビューをしてインタビューを記事にまとめるのは得意なんですよ。インタビューの依頼は、あれは嫌ですが。

――僕も会社に入ったときは、やっぱり電話をとったりするのが一番苦手でした。

清水　そんな見ず知らずの会ったこともない有名人に電話して、これこれこういう会社の者ですけど、こういうお話をお聞きしたいっていう電話をかけるのがね、毎回二十四時間ぐらい悩んで翌日になったりね。それは苦手でしたけど、実際会って話を聞いて記事にするとかいうようなことは平気で、好きだし得意でしたから、いろんなものを書いて。まあ、おかしな体験になってますけどね。

だから、編集というものがよりわかってきて、それはいま、例えば小説家をやっていても、小説家なりの編集ということがありますから、短編集組むときの組み合わせだとか並べ方だとか題名の付け方だとかは最低限作家にある編集権ですから、そういうことがまあまあできるとか、そういうことにつながっていますけどね。

――そういう意味では、この本に書いてある、その「フィールド」という会社での十年間というのは、いまからすれば非常に有意義な時間であったということですよね。

清水　そうです、そのとおりです。特に、その会社だったのも僕にとってはラッキーでしたね。

――はい。

清水　その会社は本当に変な会社で、やってることが流行分析だから変だという面もあるんですけど、もう一つ変なところは、その社長の個性が出てるんでしょうけど、大会社しか相手にしないんですよね。で、こっちは社員十人もいない小さな会社なのに、大会社へ行って教えてやるっていう態度をとって仕事をするんですよ。そうしろって言うんですよ。だから、下請の下請で仕事をするとか、先方と仲良くなっちゃって、まあ仕事一つ回してくださいよ、みたいなことで、ごたごたいく会社と全然違って、鐘紡行って、ライオン行って、ナショナル行って、といいところしか行かないんですよ。それでそこの販促企画部だとか商品企画部の人に、「いやいや、そんなのもう古いです

サラリーマン1年生の頃。

よ」とか、「いまは若者はそっちじゃありませんよ」とか教えるんです。

だから、大会社のサラリーマンをずいぶん見ることができました。そういうのも得でしたね。なにか下の方の業種ってのはごちゃごちゃごちゃごちゃごまかしあって生きてるようなところもあるんですよ。そういうんじゃなくてトップを見れましたから、この本に出てくる鐘紡のエース部長は向坂《さきさか》さんっていう人なんですけど、これは本体の重役、カネボウディオールの社長にまでなった人。そういう人と友達になる、なれるんですよね。そういう意味でもよかった。そのくせ、やらなきゃいけないことは、そんな会社だから、なにからなにまで全部やらないといけなかったんですけれどもね。

本当におもしろい会社でしたよ、僕にとっては。恵まれていました。鐘紡の重役と相談して「ポスター一丁つくりましょうよ」って言って、それで私がモデルなりカメラマンを探してスタジオとって、コピーつくって、場合によってはデザイナーがいないからお前がレイアウトしろとか言われて、ポスターのレイアウトまでしちゃったことあるぐらい。普通、原稿書くだけならやらされるんでしょうけど、それが写植屋から上がってきた見出し文字の切り貼りまでやって、版下をつくる。そんなことまで僕一人で全部やりましたから。カメラで街頭ファッションの写真撮ったり、ファッションショーのナレーション原稿書いたり、芸能人だまくらかして連れてきたり……。いろんなことをやりましたね。だからそういう意味で、とにかく経験の量が多かったですね。

――情報商社っていうんですか、企画会社のような、その先駆けみたいな会社ですね。半村先生がその会社を紹介されたというのは、そういうことがわかってのことだったんでしょうか。

清水　それは偶然ですね。半村先生が元いた広告代理店の知り合いに電話をかけて、何かないかと言ったら、そこを三年前に辞めて独立している人がいて、そこならちょっと人が要るって言うかもしれないよっていうような紹介ですからね。だから半村先生と私の入った会社の社長は僕を紹介するときは初対面です。

――いまでも「フィールド」という会社はあるわけですか。

清水　うーん、「フィールド」というのは仮名ですが、実はね、私は辞めてから一回も行ってないんですよ。青山へ行くとそのビルのところへ行って、ビルに入っている会社名の看板だけ見るんですよ。そうすると社長の名前のオフィスっていうのがあるから、あ、まだやってんだなと思って、寄りもしないで帰ってくるんです。

――やっぱり清水先生にとっては、その社長さんは一種の恩人でもあるわけですよね。

清水　恩人ですよ、もちろん。

――だけど半村先生から紹介されて東京に出てきて、そのときは長髪だったわけですよね、社長も。変な人だなあと、やっぱり思いませんでしたか。

清水　いや、もちろんすごく変でしたよ。あの長髪でしょ。で、いる社員も変なんですよ。社長と同じ年ぐらいの女性がいて、いつも上から下まで真っ黒けの服装をして。私は「アングラ姉ちゃん」と呼んでおりましたけど、アングラみたいなことばっかりしゃべってるという……。だから、最初のうちは若者研究って言いながら、自分たちが若者文化みたいでしたね。

普通の畳敷きのアパートの一室みたいなところを借りて事務所にしていたんですけど、その壁に広告用の撮影で背景に使ったとかいう畳一枚分ぐらいのパネルを五枚並べて、白黒の外国のロックアーティストの写真かなにかのボードを壁にバンバンと釘で打っちゃってありましたからね。いかにもアングラなんですよ。何やってるのかわけわかんないし、奥の方の部屋にはデザイナーが居候しているし、こっちはこっちでアタッシュケース持ってうろうろしてるだけのこの社長は何をやってんだろうと思うし、アングラ姉ちゃんはたまに来て寺山修司の話ばっかしてるし。なんなんだ、この会社はっていう雰囲気を漂わせてましたよ。僕が入ってから大分修正してかなりまともな会社にしましたけどね（笑）。

でも、そんな会社でありながら、長髪伸ばしてるくせに、その社長ってのはおもしろい人でした。さっきも言ったように、「教えるような位置について仕事はしなければいけない」という人でしたから、僕らに教えることが、ネクタイしてなくていい、下はセーターでもいいから、絶対ジャケットは着ろっていうんですよね。会社を訪ねるのにジャンパー着てくるやつっていうのは業界人だと思って向こうが相手にしないんだから、絶対にちゃんとジャケットは着ようなって。暑けりゃ持っててもいいからっていうようなことは言う人なんですよ。だから案外、大会社のお偉いさんにすぐ信用されちゃって。できる雰囲気があったんですよね、その社長にね。もう一つは、慶応大学を出てる人でしたから、鐘紡なんか慶応閥ですから、それもありましたね。

―― ああ、なるほどね。やっぱりありますよね、そういうのは。

清水　あります、あります。そんなようなことで、本当に一流会社ばっかりを相手にしてましたね。

――普通だったら相手にされないですよね。

清水　されないですよ。

――そこはまあ、能力なり、人徳でしょうか。

清水　結局その辺の才能がある、不思議な人でした。そんな出会いも含めて、その会社での十年間は、いまの私にとっては必要な十年間でしたね。

中村敦夫

【第四章】ひとりで闘い続けた～まず見る、まず行動する人生～

中村敦夫（なかむら・あつお）

一九四〇年東京生まれ。六〇年、東京外国語大学インドネシア語学科を中退、六三年、俳優座入団。六五年、アメリカ国務省の奨学生としてハワイ大学留学。七二年、主役を演じた連続テレビ時代劇『木枯し紋次郎』が大ヒット、一躍人気俳優になる。八四年、報道番組『中村敦夫の地球発22時』でニュース・キャスターの先駆者に。九五年の参院選で「さきがけ」の公認を受け出馬したが落選。九八年七月の参院選で東京地方区から再度立候補、約七十二万票の支持を得て初当選した。同年十月、新党「国民会議」を旗揚げ。行政、環境、平和、人権の四監視団と政策企画団で構成される「アプローチ」を結成。さらに、現職の参議院議員として政治スクール「**POLITICA**（ポリティカ）」で人材育成と市民との連携、市民オンブズマンのネットワーク作りを目指すなど精力的に活動している。

一九九九年十一月十日、参議院議員会館にて

「ひとり」という政党

――まず、私どもが中村さんに対して共感するのは、ひとりでも闘うという姿勢を崩されないというところですね。それをずっと一貫されていると思うんですけれども。そしてそれは、実に選挙で七十二万の支持を得たということにつながると思うんです。ひとりで、というその姿勢を崩されたら、逆にこの次の選挙危ないんじゃないかなというふうに、ちょっと思ったりもするんですけど、その、ひとりでも頑張るというところ、その根っこはどこにあるのかというようなことをきょうはお聞きしたいと思います。

中村　べつに、ひとりじゃなきゃいけないって言ってるわけじゃないんですがね。僕は考え方がはっきりしてて、鮮明にそれを打ち出しているわけですから、共感して一緒にやる人がいれば、特にひとりにこだわらないし、多い方がいいと思っています。ただ、誰も来ないだけでね。要するに、僕が言ってるようなことをやっても、自分の選挙にプラスにならないし、また利権もない、その二つの理由で来ないんですね。多少、考え方が似てるといってもなかなか難しい。しょうがないからひとりでやってるわけですよね。

――いまは国民会議というのは「一人一党」という形になるんですか。

中村　国会議員はひとりですけれども、地方議員はたくさんいますよ。というのは、中央集権を解体して地域主権、地方自治体の自立を主張しているわけです。国からの自立というには、気概を持ってやらないとだめだということで、それに共感する優れた地方議員がたくさん必要なんですよ。

――国民会議というのは、そういうのを全部ひっくるめて国民会議というのでしょうか。

中村　そうですね。政党っていうのは何かというと、理念が明確であって、政策を持っていること。ま、細かいことはその時々の駆け引きもありますから構わないと思うんですけど、それを持っていることが前提だと思いますね。ですからそれがあれば、もう既に政党なんですね。考え方っていうのは個人の占有物じゃないですから、もう既に出したのであれば、それに共感するすべての人のものです。だから政党だと言っています。

しかし、いわゆる永田町の政党というのは政党助成法という法律がありまして、原則として五人以上いないと正式な政党じゃないとかね、そういうくだらない法律があるんですよ。本質的なことではなしに、数字で言ってるわけですね。まずこれはナンセンスでしょう。だって、ほとんどの政党は将来のビジョンという点で、何もないままやっているわけです。あれは僕は政党じゃないんだと、選挙互助会にすぎないというふうに言ってるわけですよ。

好奇心旺盛だった学生時代

――なるほど。では、それから若い頃の話にぱっと飛んじゃうんですけど、中村さんが大学に入学されたのは一九六〇年前後ということですよね。

中村　大学入学は五八年です。六〇年は、中退して俳優座に入った年ですね。

――その頃のことなんかは、あまり耳にすることはできないんですけど、どんな学生生活を送られていたんでしょうか。

中村　僕はね、東京外語大学の硬式野球部の選手でした。

――そうなんですか。

中村　野球部員だったわけですよ。ちょうど六〇年安保の前の前の年に入ったものですから、学生たちが丘の上へ集まってきてね、旗持ってなにか騒いでるんですね。私はあんまり意味がよくわからなかったんです、下の方のグランドで野球やってましたから。みんなが「反代々木」の結集場所だとかなんとか言ってるんだけど、「反代々木」という意味もわかりませんでしたね。「反代々木」っていうのは原宿のことかなとか、その程度ですから（笑）。政治的な意識っていうのはすごく希薄でしたね。というのは、やっぱり当時はスポーツだとか芸術だとかというものにあこがれてましたからね。

東京外大の野球部員だった頃。

私の父親は新聞記者でね、もともとは読売にいたんですけど、戦争で疎開しまして、そのまま地方の局の支局長になったわけです。当時の新聞社の支局というのは支局長の家なんですね、一階が新聞社で二階が住居だったわけですから。

だから遊び場が新聞社だったわけですよね。それでいろんな社会の問題、政治も含めてね、裏表を小さいときから知っていたわけです。表面的な報道なんていうのは作りもので、結構、権力との談合があるんです。政治なんていうのは汚らしいものだっていう感覚があったから、そんなことにかかわりたくないという気持ちがあって、次第に敬遠するようになったんです。

そんなわけで、一貫して私の判断の指標になっているのは、公に言われてることはほとんどウソだという確信ですね。やはり自分で現場に行って見ないとだめなんだというその信念は、この頃養われました。頭でっかちの理論だとか、それからなにか大げさなアジテーションだとか、そういうものを簡単に信じないっていうんですかね。すぐ疑ってしまう。この目で見るのがまず第一という習性は一貫してあります。事実こそが重要なんだということなんですね。

――では、大学時代は野球をやられていて、それで中退されたというのはなにか理由があるんですか。

中村　僕はいろんなことに好奇心があって、いろんなことをやったんですよ。だから、演劇なんかも小さいときからやってましてね、小学校の同窓会の芝居を書いたり、演出も主演もやったりというようなことをずっとやっていました。そういうものが好きでしたからね。大学に入っても、演劇部からだれか体のでかい俳優が欲しいということで、出てくれ、とか言われてね。やってみたら結構受けたりしていたわけですよ。まあ、都立新宿高校という進学校時代の反動もあるのでしょうが。

――あそこはすごい進学校でしたよね。

中村 そうですね。非人間的な目的に向かって競争しあうという、嫌な雰囲気の中で過ごしたでしょ。だから、早くそういう管理的な雰囲気の中から抜け出たいと思って大学に行ったんだけど、やっぱり大学に入ってもみんな就職の話なんかしてるわけだね、入った途端にね。やだなーという感じがあって、勉強に身が入らなくて、アルバイトと野球と演劇、みたいなことばかりやってたわけですよ。で、二年になって、やっぱり単位が足りなくて三年に進級できないということがわかったわけですね。

このまま残って、いつまでも大学にいてもしょうがない、なにか逃げ出す方法はないかなと思っていたところに、たまたま俳優座の養成所の試験というのがありましてね。当時そこは俳優を生み出すメッカのようなところだったんですね。十二期という私の期は、四十人の定員で二千人ぐらい応募したという大変厳しい、一番のピークの年でした。それに合格しちゃったわけですよ、どうかなと思って受けたんですけど。そこで、もう一挙に大学から逃げ出そうと決心したんです。

――大学から逃げるためだったわけですか。

中村 ええ、口実としてね。ですから、そこから、人生の進路が変わってしまったわけですよね。まあ、しかし、三年間ちゃんとしたカリキュラムでやるんですけど、そこでもあんまりまじめな生徒じゃなくてね。

――まじめな生徒だったようなイメージがありますけど、違うんですか。

中村 いや、きちんとこう、枠をはめられてやりなさい、と言われると嫌になっちゃう方ですよね。だから、その三年間っていうのも、自分流に過ごしたといいますか、まあ、よく遊びましたね。でも、生活は苦しかったですよね。毎日、夕飯どうしようか、誰のところへその時間に行こうかとかね。

――分け前にあずかるわけですね。

中村 ええ、どう分け前にあずかるかっていうようなことばかり考えていましたね。まあ、その時代はみんなそうでしたよ、いまの若い人にはとても信じられないんでしょうけど。食べるということはかなり、ストレスっていうんですか、大変だったですよ。

――じゃ、自宅から通われたわけではないんですか。

中村　いや、自宅ですけどね。家庭教師とか翻訳とか、そういうのをやって小遣いをかせいでいたわけですけど。でも、先輩には仲代達也さんみたいなスターがいっぱいいて、裕福な生活をしててうらやましくってね。

――もうその頃からもう仲代さんなんかは裕福だったんですね。

中村　そりゃそうですよ。田中邦衛さんなんかが一緒の舞台へ出たりすると、われわれと食べ物が違うわけですよ。ウナ丼か何かとってるわけです。一生に一度でいいからああいうもの食いたいなとかね。そういう感じの貧乏青年でしたね。

で、まあ、三年で卒業すると四十人の中から何人かが俳優座に入れる。あとは希望の劇団に応募するわけですよ、試験を受けて。私は別の劇団へ行きたいと思いましてね、そっちを受けたらそこは受かったんですが、文学座っていう劇団でね。そしたら急に俳優座の方からこっちへ来いという話になりまして……。そんなに俳優として認められているわけでもないしね、先生のおぼえもめでたくないんだけれども、劇団の上の方が、ああいうタイプってのはいないからとにかく引っ張れっていうことで、勝手にトレードされたんです。FAしたわけじゃないんだけどね（笑）。

俳優座からアメリカ留学へ、そして独立

中村　俳優座に、そのときは六人ぐらい入りましたか。山本圭なんかと一緒なんですね。われわれのクラスというのは花の十二期と呼ばれて、いろんなスターが出たんですよ。その期によって有名なスターが出るときとまったく出ないときといろいろあるんですね、あれは不思議です。私たちのときには加藤剛だとか、当時『おはなはん』っていう、NHKの朝ドラの主役で樫山文枝がスターになったりね。女では長山藍子ですかね。男はもう亡くなったけれども、成田三樹夫とか松山英太郎。

――結構いっぱい表へ出たんですね。

中村　でも、劇団に入ったら、あんまり俳優として機会を与えられなかったんですね。東京外大にいたんだから、翻訳したり、文芸部的な仕事をどんどんやってくれって話です。なんだ、俳優として認められたんじゃなかったのかとか、ちょっとがっかりし

ましたけども。しかし、海外の演劇雑誌なんかを取り寄せることができるわけですよね。英語系は僕だけだったもんですから、予算が使えるわけですね。自分で買えない本がどんどん読める、これは大変よかったですよ。

実を言うと、英語の勉強をしたのは大学じゃなくて、劇団に入ってからですね。というのは、ただ英語の勉強をするっていうのは、機械的な勉強であんまりおもしろくないんですよね。自分の興味があることをやるために何度でも辞書を引くっていうこと、それが実力になるわけじゃないですか。これが本当の勉強なんですよね。「ワープロできます」と言ったって、書くことがなければ意味がないのと同じなんですよ。それは単なる技術であって、実際は役に立たないわけですね。そういう意味では、好きなことをしながら勉強したという期間があってよかったですね。

それで、当然新しい知識を自分が独占するわけです。そうすると、だんだん劇団のやっている芝居の古さとかですね、それが嫌になってくるわけです。当時は、大劇団の外側で小劇場運動っていうのが始まるわけですけれども。

――小劇場運動が始まるのは何年ぐらいですか。

中村　六〇年代半ばぐらいから盛んになっていきましたね。

——爆発するのはもう、六〇年代後半ぐらいですかね。

中村　後半になるんですかね。で、そういう気配があるし、僕の意見というのはわりと歴史のあった大劇団の中ではなじまない。それでも若いのにいろんなことを知ってるからっていうことで、二十代唯一の幹部に選挙で選ばれたわけですよ。百五十人ぐらいいる劇団で、幹部は十五人ぐらいしかいないんですけどね。そこで、率直にものを言うと、戦前からやってる有名な人たち、大御所がだーっと並んでるわけですから、生意気だって言われるわけですよ。

たまたまその頃に、演劇関係の奨学金の留学というのができたんですね。これはアメリカの国務省が外交政策の一環として、ハワイ大学に拠点をつくり、太平洋沿岸の国々からあらゆる分

俳優座時代。

野の若者を集めて、将来の指導者層としてアメリカ的な教育をするという感じのものでした。

その頃留学っていうのは、自前でできるなんていうのは財閥の息子ぐらいしかいなくてですね、夢のまた夢だったわけですね。それでフルブライトとかそういう有名な奨学金試験も、博士号課程ぐらいの学生たちがやっとこさ通る針の穴のような試験でしたよね。本当にエリート中のエリートだけ、少数者が行くという感じだったでしょ。それに演劇などを対象とする奨学金なんかなかったわけですね。それが演劇から科学から、いろいろな分野に広げて一挙に取るというんですよ。

で、それを受けたらば、三人かな、選ばれたんですね。もちろん、他の分野からもいっぱい行ってね。同じ年には、ノーベル賞をもらった利根川進さんなんかも物理学部門で受けて、行ってるんですね。学科が違うから全然向こうでは会ってないんですが、後で聞いてみると、その奨学金をもらった人が結構多いんですよ。ずいぶん知り合いがいるんですよね。桜井よし子さんとか國弘正雄さんなんかもそうですね、ちょっと上ですけどね。

で、やはりハワイといえども、アメリカ文化が主流ですから、初めてのカルチャー

ハワイ大学留学中の頃。

ショックを受けました。しかも、アメリカ人だけじゃなくて、太平洋沿岸のさまざまな国々からさまざまな人種、民族の若者たちが集合したわけで、非常にびっくりしましたね。だから、それによって心がインターナショナルになったっていうんですかね、この狭い日本しか知らなかったものが、バーッと一挙に世界が開けたっていうことがあって、自分が別の人間になったというわけです。

――留学は何年間ぐらいだったんですか。

中村　これは一年弱でしたね。それで、最後に三カ月ぐらいアメリカ一周をバスでやったんですよ、飲まず食わずみたいな感じでね。バスだと、グレーハウンドとコンチネンタルっていう大きなバス会社が二つあるんです。

それはアメリカ中を網羅して走ってる大ネットワークですね。で、九十九日、九十九ドルというクーポン券が出てたんですよ。それでどこへでも乗っていけるわけなんです。もし飛行機で動いたらそれはもう大変な予算になるでしょ。奨学金だってカツカツのもんでしたから。で、地元の人やなんかも応援してくれて、募金してくれてね、なんとか飲まず食わずで実行できるようなお金を用意してくれたんです。それで、サンフランシスコからずっと南へ下って、今度はずっと北を回って帰ってくるという旅をやったんですね。

——それはおひとりでですか。

中村 ひとりでね。これが、まあ、私の人生にとって決定的な影響を与えたんですね。日本人が考えているアメリカじゃないアメリカの本質、アメリカって全然違うぞというもの、そういうものをくまなく身をもって体験していくわけですね。それと、そういう長い旅をやり抜いたということがあって、帰ってきたときは栄養失調だったけれども、自分の中に何かどしっとしたものができたと感じたんですね。あれ、不思議な雰囲気なんですよ。ここを旅立ったときと自分は違う人間になって帰ってきてるなっていう感覚がありましてね。

それでまた俳優座に戻ってくるとますます違和感があるわけです。劇団の外では唐十郎だとか寺山修司とか、黒テント、赤テントとか、ワイワイ騒いでやってる。どう見たってそっちの方が新しくっておもしろいんですよね。例えばわが俳優座なんか、戦前にやったようなものの蒸し返しみたいな芝居ばっかりやってるわけですから。これじゃだめだということになって、それで……。

――叛乱を起こされたんですね。

中村　叛乱じゃないんだけど、改革をしようかと。自分のやりたいものやらせろっていう主張をするとやっぱり衝突しましたね。

――伝説的にその話はありますね。まあ、僕ら学生の頃はニュース程度には知ってましたけど、詳しい内容はわからないので、その辺りをちょっと聞かせてください。

中村　それ、ちょうど七〇年前後でしょう。

――そうですよね。

中村　ベトナム戦争が末期症状になってきていた。ですから、日本の政治の世界も古い左翼と新しい左翼に分かれたんですね。過激派もあったり、もうめちゃくちゃに混乱してたわけです。

――私が中村さんの名前を初めて知ったのは、その俳優座の叛乱ででしたね。

中村　『はんらん狂騒曲』というね、名前もそうなんだけどね。僕らの俳優座が、がーっと一新しようとしてね。とにかくレパートリー闘争というのがあって、どういう演目をやるかというので、こちらはすべて準備して出すんですね。でも古い人たちがこちらを全部拒否する。多数決なんです、まるで国会みたいなんですよね。芸術にまで多数決はないだろう、と思いましたね。なんとしたって準備する能力もあり、やろうという情熱があるものを、数でもって拒否することはいけない。

で、とりわけわれわれの動きに危機感を感じたのは、共産党系の人たちなんですね。いつも新しいものが出てくると、反共だとかトロツキストだとか言うわけですよ、こっちは意味がわからないのに。まあ、彼らの場合はそういう動きをどんどんつぶして取っていくっていう物取り的な発想もありますよね。だから、そういう面で結構けんかになってしまうということがありました。

それで、否決されたものを、それじゃあ本場の俳優座劇場でやってやろうじゃないかみたいな話でね、独立公演でやったんです。そうすると、お客さんが劇場を三重に取り巻くほど集まるわけですよ。普段はお客全然入らないんですよね、閑古鳥鳴いてるんです。だからすごく嫌な存在だったんでしょうね。それでやった後で、あれを認めるか認めないかなんてまた評決をやるわけです。裁判所じゃあるまいしね。誰にも迷惑かけたわけじゃない、勝手にやって、それを褒めてくれるどころか、認めるかどうかの評決をするっていう話でしょ。もうつくづく嫌になりましてね。だから、こんなところにいたら息詰まっちゃうなと思ったんです。

それと同時に、まあ、アメリカには、実を言うと一九六五年から六六年に留学して、その後六九年から七〇年と行っているんですよ。その時のアメリカというのは、若者たちの文化で揺れた時代でしたからね。ベトナム反戦も問題になって進んでたし、ヒッピーが幅をきかした。あるいはブラックパンサーみたいな黒人運動も出てきた。もう百花繚乱、エコロジーなんかも学生の間でもう始まってましたね。目がくらくらするほどの、いろいろな若者たちの叛乱があったんですよ。

それで、僕は演劇をやろうと思っていたわけですが、僕が注目していたのはテレビなんですよね。テレビがものすごい力を持っていて、キャスターの力も強かったですよね。劇団公演といったって、一回三百人ぐらいしか集められないでやってる話でしょ。マスメディアというもののすごさ、メッセージを届けるにはやっぱり圧倒的だなと、こう感じていましたね。それで、ちまちました組織をつくって舞台なんか続けていくより、永続的なそういう団体ではなくて、企画本位でいろんなことをやると。ま、演劇もやってもいいんだけども、というふうな考え方に変わって、俳優座を出るんですね。

——俳優座を出られたのは何年になるんですか。

中村 一九七一年ですかね。で、そのときに、一緒にそうそうたるスターたちも出ちゃったわけですね。市原悦子とか原田芳雄とか、そういう人たちがいっぱい出ちゃいましてね。あの人たちは、新しい劇団をつくりたかったみたいなんですよ、もう一つね。でも、それじゃあ蒸し返しになるからということで、好きにやろうじゃないかといって、プロダクションにしちゃったわけですよね。

ただお金が要るんで、テレビドラマが盛んだったですから、そっちへ出稼ぎに行かなきゃいけない事情があったんです。そこへたまたま来たのが『木枯し紋次郎』だったという話ですよね。だからそれをやるときの感覚もアルバイト的な感覚でやったんですけど、とんでもない大当たりになっちゃったもんだから……。

人権問題の現実感

――あのときの衝撃はすごかったですよ。その前に演劇で、『劉道昌《りゅうどうしょう》君との対話』っていうのをやられてますよね。あの辺りのことはどうなんですか。

中村 あれは中国人留学生に対する日本政府の弾圧でした。そもそも、人権問題だけは、昔から関心があったんですね。というのは、小学校一年生のときに、朝鮮人の子が一人入ってきましてね、それが非常に体がでかくてけんかが強い男の子だったんですけど。僕は、体は大きい方だったけど、どっちかというと優等生の方で、クラスの放課後の親分がそっちへ移っちゃいまして。けれども僕と彼とは仲がよかったんですよね。

当時、彼が時々非常に寂しい表情を見せるんですが、意味がわからなかった。小学校一年生でしたからね。みんな帰っちゃった後にぽつんと砂場にいたりしてたんです。

そんなある日、彼が「うちへ来ないか」って言うから「いいよ」って言ってついて行ったんです。ものすごく歩くんですよ。六、七キロかな。福島県の、今はいわきと言われているところなんですけど、常磐炭坑というのがありましてね、平《たいら》っていう町を囲んでたんですね。平というのはその中心で、その子の家はその隣町でした。で、六、七キロ歩いて帰るわけでしょ、僕は町の子だからすごくびっくりしたわけです。

延々と歩いて夕暮れになって、隣町に入ったと思ったら途端に黒い石炭がだーっと積まれていて山になっている。ああいう風景を初めて見てまして、またびっくりしてね。それでそこの中腹ぐらいに、物置ともいえないような粗末な掘っ立て小屋みたいなのがあって。板を張っつけた壁の上にトタンの屋根を乗っけただけの小屋。入口にはござがかかっていて、こんなとこに住んでるのかということで……。お父さんがいないんで、お母さんが外で七輪で焼き芋を焼いてくれまして。そのときにものすごい衝撃受けましたね。同じ子どもであるはずなのに、なんでこんなに環境が違うのかということを感じた。なんだともわからなかったですけれどもね。そうしたら、半年ぐらいでいなくなっちゃったんです、その子がね。

後に、少しは歴史の勉強なんかしていくと、強制連行の結果だと意味がわかってきて、そのときに彼らがそういう流れの中でああいう生活してたっていうことやなんかがわかってくる。と、どうしてもね、不公平だっていう感覚、子どものときだったですから、民族差別なんて観念はなかったけど、僕の心は反応したわけですね。でもそうかといって、その後積極的に運動したわけでもないし、そういう政治的な団体に入ったこともないわけですよ。

ハワイ大学から帰ってきたときは、ちょうど同じ時期に留学してた台湾の陳玉霊《ちんぎょくじゅ》という青年が、アメリカで反戦デモに出たという理由だけで帰国命令が出て、途中で日本に寄って様子を見てる間に、入管に呼び出されて強制送還になって、そして軍事裁判にかけられて死刑宣告された、いうことがあったんですよ。

それでその担当の教授たちが、ハワイ大学で勉強してた学生たちに手紙を出して、日本でも何かやれと言ってきたんです。救援運動をやれと。お世話になった先生がそう言うんじゃあね、やらないわけにいかない。でも、どうやったらいいかわからない。大体、人権運動とかそういうのはその頃はなかったんですよ、日本にね。観念としても、「人権」という言葉もなかったに等しい。

―― そうですね、なかったですね。

中村 だから、何をどうしていいかわからなかったんですよ。で、その件で動いてる人たちの紹介があったんで、みんなで集まったりして話してるうちに、外国人の人権なんかに関わるのには、アムネスティーインターナショナルという世界組織があるということがわかって、とりあえずまずそれをつくろうっていうことで、創立メンバーとしてやったわけですね。

――創立メンバーだったんですか。

中村　ええ、公式の記録として残ってるかどうかは知りませんが、最初に動いたのは確かです。法政大学の中村哲学長とか、社会党の安宅代議士など、そういう人たちと組織をつくったんですよ。で、活動して、最終的に彼は助かるわけですけどね。

――劉道昌事件はその後ですか。

中村　そうです。これもまた関わっているのが入管でしょ。起きていることがまるで演劇だと思っちゃうわけですよ。ものすごい迫力があり、劇的な話ですから。新劇の舞台なんかよりリアルでドラマチックな話なんです。『人形の家』なんてやってるんだから、やんなっちゃうよね。

だから、やっぱり僕は新聞記者の息子として育ったせいか、社会の裏で起こっているすさまじいドラマ、そういうものに惹かれるんですね。客の心を惹きつけるもんだしね。ドラマよりメッセージ性があるし、ということになって、彼と話し合っておもしろいことをやろうと言ってね、これは舞台仕掛けにしちゃうんですよね。メッセージドラマっていうんですかね。まあ、アジプロ演劇というジャンルがあるわけですけど、そういうものとしてやるわけですよ。

思いついたらなんでもやってしまう。やってみれば初めてだったっていうことが多い個人史なんですね。

――実験的な意味合いもあったのでしょうか。

中村 僕は古いものをコピーしてやるのは嫌いなんですね。人を驚かせたいという原初的な衝動がありまして、いつも最初にやる、ということに魅力を感じるんです。

ですから、その後も、最初の在日韓国人の監督を実現させたんです。日本の芸能界にはたくさん在日の方々が働いていますが、彼らは日本名で芸人にはなれますよね。でも、なかなか監督にはなれなかったわけですよ、その人がどんなに優秀でもね。それでもって、なんとかそういう監督を最初に登場させてやりたいということで、映画を作ったんですね。『紋次郎』で稼いだ金を全部つぎ込んで、独立プロで映画を作っちゃおうと。で、初めての韓国人監督の映画だと宣伝し、全国展開したりね。考えればしんどいことばかりやっているんですね。でも、おもしろいからやってるんです。

『木枯し紋次郎』で大ブレーク

——『木枯し紋次郎』は七二年からどれくらい続いたんですか。

中村　あれはネタ切れというか、途中でもう原作がなくなったし、あれもずっとやってたら『水戸黄門』みたいになっちゃいますよね。永遠にやってなきゃなんないですよ。だからそういう人生は嫌なわけですよね。原作が切れたとこで、花のあるうちにやめちゃうっていうのがいいんですよ。だから足かけ二年やりましたが、休みがあったから、結局三十八本ぐらいですね。満塁ホームランというのはそんなに打てるもんじゃないですよ。少ないから記憶に残るわけですし。

——先ほど、アルバイト的な気持ちで『紋次郎』をやったというふうに言われていましたが、それが予想に反して大ブレークしたわけですよね。その大ブレークしたときは、どういうお気持ちでしたか。

中村　戸惑いっていうのはありましたよね、だってもう三十二歳でしたから。アメリカに二度も行ってて、それで、演劇の世界でも理論家で注目されてて、いろんな社会的な活動なんかやってきた人間ですからね。そんなわけで、それが突然、テレビのドラマが当たっちゃって、朝、撮影所に行くと女子高生が百人ぐらい待っているわけでしょ。これがジャニーズなら素直に喜べるんだけど、こっちは大人ですからね。だから困ったな、なにかちょっと変なことになってるな、という感じはありましたね。

——では、俺のやろうとしてるのはこんなんじゃないというような、そういう気持ちもあったのでしょうか。

中村 半分はそういうのもありましたねえ。でも仕事は一所懸命やりましたから、これはこれでいいんだろうとも思いましたが。僕はやるときは何でも一所懸命やるんですよ。で、学ぶことも多かったですね。特に市川崑監督のそばに朝から晩まで一緒にいますから、ああいう巨匠のテクニックというのは全部学ぶことができました。だったら今度はそういうテクニックを使って、もっとすごい映画をつくりたいなとか、こう思っていくわけですね。事実、監督もやったりしたんですね。脚本を書いたりね。『紋次郎』をやって、まあ、これでしばらくは食えるかな、っていう感じはありましたよね。

——やっぱりそれまではなかなかまだ食えなかったんですか。

中村 食えなかったんですよ、ほんとに。飲まず食わずでしたね。ただそれだからといって、不幸せだなんて感じることはなかった。むしろ元気だったですよね。夢が大きかったたっていうのかな。

——そのとき私もちょうど大学生だったんですけど、その前に、俳優座の叛乱とか、『劉道昌君との対話』で名前を知って、たちまち『紋次郎』と、ずいぶん、こう違和感っていうんですかね、ギャップをちょっと感じてたんですけど。ま、当時は私もまだ若かったですが。だからその辺りのときのお気持ちはどうだったか、ぜひとも聞きたかったんですよね。

中村　私はべつに、いわゆる左翼青年じゃなかったし、活動家でもなかったんです。ただ自分に正直に生きてただけなんですよ、その場その場でいつも頑張ってね。で、自分の考えてることとか、学んだこととかっていうのを大事にして、一本調子の理論とか、そういうものにはまったく動じないというところがありました。うそつけ、と一言で片づけられる自信がありましたからね。これでなければだめだみたいなことが人生にはないと思ってたんですよ。人は本来自由だとね。何にならなきゃいけないとか、こうならなきゃいけないとか、そんなこと何もないんだっていうことですね。まあ、そんなふうに生きられれば幸せですけどね、みんなそれどころじゃないわけだから。だから、いまでもずっとそれが続いてるっていうのか、とにかくやりたいようにやると、そのとき重要だと思ったことはどんどんやっていくということですから。
いま、国会にいても、次の選挙でどうのこうのなんてのは気にもしていないぐらいですね。やるかどうかも考えてないですから、六年間、やれることをみんなやっちゃおうと。続けてやったら、今度は七十歳になっちゃいますからね。任期が終わったときは、もうそれで人生は終わりです。それが自分の最後の選択にするかどうかというのはいまでも疑問ですよ。そのときになってみないとわからないんですよね。まだいっぱいあると思うんですね、やらなきゃいけないことは。

現場を踏むということは最大の教育

―― それでその後に、『中村敦夫の地球発22時』、あれはたびたび放送の時間帯が変わったりしましたよね。

中村　そうですね。『22時』から『23時』になって。最後に夕方になった。それで怒って辞めた。これは夜遅く大人が見てた番組ですよね。あれは情報番組の草分けで、俳優がキャスターになるっていうのも最初でした。

――それでずいぶん、「中村敦夫イコール硬派」のイメージっていうのが浸透したと思うんです。あれはずいぶんいいシリーズだったと思います。

中村 まあ、あれに起用されたというのは、その前に国際小説を書き出したんですね。アジアをずーっと旅して、小説を書くということをやりましたけどね。『チェンマイの首』『ジャカルタの目』『マニラの鼻』と、東南アジア・シリーズ三部作を出版しました。それで、外国でいろんなところに突っ込んでいけるキャラクターとして起用されたんじゃないですかね。

――そうですねえ。大学も外大のインドネシア語学科ですよね。やっぱりアジアに対するまなざしみたいなものって強くおありになるんですか。

中村 外大でそれを選んだのはまた別な理由で、ゴーギャンが好きだったんですよね。トロピカルな文化に非常にあこがれてました、ああいう生活したいなと。しかし絵かきになるわけでもないし、なんとか南の国へとにかく行く方法はないかと思って、でたらめに選んだんですよ。あっちなら南だろうっていうので。

――そんなもんですか、アジアのこれを勉強するんだっていうような目的はなかったんですか。

中村　そんな立派なものじゃないんですよ。サマセット・モームの『月と六ペンス』っていう小説を読んで感動してね。でも大学に入ってみたら商社マンコースでね、南の国には行けるけど、なにか会社のために頑張んなきゃいけないような話だったから、辞めちゃったんです。けれどもアジアにというか、南にはやっぱりずっとあこがれがあったということは確かですよね。だから小説を書くときもタイに行って、インドネシアに行って、フィリピンに行って三部作を書いてくるわけですけど。

小説を書こうと思ったのは、アメリカ留学ですごいカルチャー・ショックを受け、アメリカ的なものが身に染みたんだけれども、今度日本に帰ってくるとみんなアメリカの外面的コピーをやってるわけですよね、十年遅れぐらいで。それが本場を見た人間としては気に食わない。そんなんならもっと日本に伝統的ないいものがあるじゃないかと。日本というのは一体何だろうなって考えるようになりました。で、急に気がついたのは、やっぱり自分はアメリカの方ばかり見てて、本当の庭であるアジアのルーツをなんにも知らないということです。それで小説を書くという目的を立てて、旅を始めるわけですね。で、だんだんだんだんものが理解できるようになってきた。現場を踏むということは最大の教育なんですよ。

―― そうですね。やっぱり、中村敦夫さんのイメージとしては、行動する知識人っていうそういうイメージ、やっぱり私たちにはありますよね。

中村 そこへ行くと行かないでは大違いで、行って目的が失敗したとしても、損ということはないんですよね。ものすごく学ぶっていうことが残るわけです。だから、行動する時は迷わないですよ。反省は後ですればいいんだから、最初から反省してやらないというのは、人間が全然発展しないですよ。痛い目に遭うのだって勉強ですから。

―― いつまでもお気持ちはお若いですね。

田中秀征氏との出会い、そして政治の世界へ

――で、政治の世界に関心を持たれたのは、旧さきがけの田中秀征さんの影響がやはり強いといわれていますが……。

中村　そうですね。僕は日本という国がなんでこんなにつまんないのかと、ずっと感じていました。どこもかしこも窮屈で、狭い枠に閉じこもってみんながセクト主義の塊みたいになっている。なにか重要なことを決めるのが全部役所みたいなところがあったでしょ。自由のない国だなーと思っていたら、だんだんわかってきたのが、やっぱり日本は官僚国家だってことなんですよね。で、社会主義国家なんかに行くと、なんだこれ、日本と同じじゃないか、とね。不正腐敗と許認可と規則だけで、みんな息苦しいわけですね。ああ、そうか、やはり官僚独裁っていうのは人々の活気を失わせる元凶だなということがわかってきたんです。だから、日本のいわゆる反体制勢力って全部社会主義者ばっかりで、これはだめだよ、ということですね。あんたたち社会主義国家行って、現実を見たのかっていう……。

――最初に社会主義国家に行かれたのはどこなんですか。

中村　最初に行ったのはキューバでしたね。キューバはちょっと東欧と違うんだけど、まあ、やっぱり窮屈だったですよ。何年だろうな、カストロの革命の十五周年記念ですから……。まあ、その後行ったっていうのはほとんど『地球発』をやってからですよね。ソ連の警察の取材したり、東ドイツに行ったり。

――もう社会主義国家も末期の方になるわけですね。

中村　ええ。中国もずいぶん見て回りました。で、社会主義と同じことをやっている日本の保守そのものが変わらないとだめだなと思ってたんですよ。だから、よく旧社会党なんかから、立候補してくれ、みたいな話は来ましたけど、せせら笑ってましたね。終わっちゃった人々だっていう感じがしてましたから。

ところが、政治改革の中で保守分裂が起こってきたときに、ずっと見ていたら、さきがけっていうところが非常に気になったわけですね。こいつはちょっと一味違うなと思って。それで、田中秀征さんと出会う機会があったんですよ。それまで政治家なんか相手にしないから、まったく知らなかったんですが。でも、そのときには会おうかと思って、実際会って話したら、官権から民権の移行がないと民主国家としてまともに進めないって言うんで、びっくりしたわけですよ。やっぱり本物は保守から出てくる、つまり当事者を長い間やってきて、反省の上に立ってみると、やっぱりそういうところが出てくるわけです。だから当事者じゃない社会党っていうと、村山内閣みたいな話になっちゃうわけですよね。でも、さきがけの人たちは、権力のポジションをあえて捨てて出てきた。そこにかなり程度の高い連中が集結したんですね。で、一番水準の高い党ができたわけですね。ああ、そうか、それじゃ、それ応援してやんなきゃいけないなと。初めてね、政治で誰かを応援するということですよ。

そうしたらいろんなことが起きて、結局応援してるつもりが、後から押されて前に出されてきたみたいなね。最初はそうなんですよ。ま、自分が主導権とってなんていうことより、僕があの連中の助っ人になってやろうっていうことですよ。それで、やってみたら、なにかごたごたが起きて勝手に分裂しちゃってね。それじゃあ、俺はどうなるんだってわけです。どうぞと言って一宿一飯のわらじを脱いで二階へ上げてもらったら、一階はみんな引越しちゃったっていう話じゃないですか。これ、要するに抜いた刀を納める場所がない。一度目は応援のつもりで立候補して落ちたんだけども、その後もずっと応援してたんですよ。そしたら誰もいなくなっちゃったでしょ。

だから、僕なんかはそれまでさきがけを吹聴していた人々に責任を感じたわけですね。人々にお薦め品だって言ってたのに、品物がなくなっちゃったわけだから、詐欺になっちゃうじゃないですか。それじゃあ同じ品物を自分でつくって、やるっきゃないと。それでもう一度落ちれば、皆さんに勘弁してもらえるだろうと。二度落ちれば、「もういいよ」ということだから、それで決着がつく。ところが、大方の予想と違って当選しちゃったので、言った以上はやらねばならんということですね。これはもう道義だと思うんですね。人が何かを私事じゃなくて公然と言ったらば、それの責任は取ると。その道義が大事だと思うんです。

——勝ち負けはもう、後についてくるものなんですね。

中村　勝ち負けなんか関係ないですよ。

筋を通すことは一匹狼の処世術

——だから、やはり私が中村さんに共感するところは、そういうところですよね。ひとりでも頑張ると。それはやっぱり、ずっとお話しいただきました、若いときの体験に根ざしてるのかなっていうふうに思うんですけど。

中村　やっぱり一貫してるものはあるでしょうね。それは人間ですからいろいろと細かい変節はあったり、間違いも犯してますよね。だけど、一貫してるものは、大きな場面で必ず筋を通すということですね。理屈や弁解を抜きにして、筋だけ通すと。これだけはあるんですね。

なぜかというと、べつに立派だからじゃないんですよ。組織に属さない人間、一匹狼は、筋を通さないと生きていけないからなんです。卑怯さとか挫折とか、あるいは虚偽とかというものは、自分でわかるわけですから、自分をごまかすわけにはいかないんですね。自分をごまかすようになったら、単なる卑屈な下請け人になっちゃうわけ、なんでもOKの人になっちゃうわけです。

――ま、普通の人になってしまうと。

中村　普通の人というか、もっとひどくなっちゃうんですよね。普通の人は最初からあきらめてるっていう爽やかさがあります。なにか言ったやつがころころ変わっていって、ごまかしちゃうと醜悪です。何よりも自分が恥ずかしいでしょ。こうなったら一匹狼って成り立たないですよ。だって自分を尊敬できなければ、毅然と立っていられない。人にはうそをつけても、自分にはうそつけないですから。自分をごまかすと、やっぱり迫力なくなりますよね。

だから大きな場面では、利害関係をぶっ飛ばしても筋を通すと。もう頑固に、命がかかっても。それ以外に生き延びる道はないんですよ。だからなにも立派なことを言ってるわけじゃないんです。ひとつの処世術ですよ。

――大変ですね。

中村 大変だよ、自分にプライドを持つことは……。

――だけど、やっぱりその姿勢があるから、二十年、三十年とずっと生き抜いてこれたっていうことがあるんでしょうね。

中村 長い間、表舞台を歩いてきてる人には、こういうものありますよね。私の場合は、いつも一番おもしろいと思ったことを正直にやって、で、筋通してるっていうのがあって、それで多分、人が見ててスリルを感じてくれるのかなとか思いますね。

――スリルは感じないですよ。いや、ずいぶん頼もしく私らは見てますよ。皆さんやっぱりそうだと思うんですけど。危なっかしい感じはちょっとしないですよね。

中村 やってることは結構危ないことありますけどね。統一教会と全面戦争をやるとかね。いろんなことをやってますよね。殺すだの何だのって言われながら。

――あのときはやっぱり大変だったんでしょう。

中村 まあ、だけどこっちのけんまくがすごかったんで、向こうがびっくりしちゃってましたよね。道理っていうのは強いですよ、やっぱりね。だって相手は悪さやってるわけですから、絶対に正面から攻められたら弱いもんですよ、どんなに人がいっぱいいようとね。悪は所詮悪だけです。

――やっぱりそれ、それなんですよね、私らが共感するところは。

中村 しんどい部分もありますね。小さな話は妥協しますけどね、大きいことは筋を通すということですから。

【第五章】回転木馬を降りる時 〜本当の「居場所」を求めて〜

落合恵子

落合恵子（おちあい・けいこ）

一九四五年栃木県宇都宮市生まれ。六七年、明治大学英米文学科卒業。文化放送アナウンサーを経て作家に。執筆と並行して、子どもの本の専門店「クレヨンハウス」、女性の本の専門店「ミズ・クレヨンハウス」を東京・青山と大阪・江坂に主宰。『月刊子ども論』、育児雑誌『月刊クーヨン』発行人、『Woman's Eye』編集人など、幅広い活動をしている。主な著書に『あなたの庭では遊ばない』『ザ・レイプ』『スニーカーズ』（講談社）『生命（いのち）の感受性』（岩波書店）、新刊に『メノポーズ革命』（文化出版局）『わたし三昧』（徳間書店）がある。その他『海からの贈りもの』『子どもたちの戦争』『愛しすぎる女たち』など、翻訳書も多数。

一九九九年十一月十二日、東京・青山のクレヨンハウスにて

私の「居場所」はどこに？

――私ごとですけれども、私がちょうど深夜放送第一世代になるんですよね。まあその話からすると、ちょっと気分が悪いかもしれませんけれど……。

落合　いえ、そんなことはないのですが、商品化されたという納得いかない気持ちが一方にはあるので。

――一九六七年、私が高校一年のときに深夜放送が始まったと思います。『オールナイトニッポン』を最初聞き始めて、それは終わるのが午前三時。その後、三時から『走れ歌謡曲』が始まるんですよ。それで、偶然にラジオのダイヤルを回して聞いたのが最初だったと思うんですけど……。

落合　ああ、そうですか。

――だから今回五人の先生方にお話をお聞きしたんですが、そんなわけで落合さんのお名前を一番初めに知ったわけなんですけれども……。だからやはり、『走れ歌謡曲』のパーソナリティーとしてのイメージが消えないな、というのがどうしてもあるんです。そのせいか、やっぱり上の存在であり、学ぶべき対象とさせていただいてきました。

落合　学ばれては、困惑しますが。

――正直なことを言いますと、つい最近まで、私は落合さんに対してなにか誤解をしていたようなところが、まだあったように思います。そして怖いおばさんだな、という……。

落合　いやもう、ずっと言われていますから（笑）。フェミニズムイコール怖いおばさんというイメージができあがっているんですね。そんなつもりは全然ないんですけどね。

――私は去年、日本経済新聞の連載（『青春の道標』、最近単行本化された＝編者注）を偶然に読ませていただいて、なにかその誤解みたいなものが氷解したような気がしたんですよ。誤解が氷解しただけじゃなくて、共感するところもありました。

落合　ああ、世代的にもね、重なるところが。

――この連載は、落合さんの他の作品とはまたちょっと違ったところがありました。それまでは、どうしても取っつきにくいところがあったんですけど、これで、ああそうだったんだ、というふうに感じる部分が多々ありました。そういうふうに考えても、過去を回顧するとかそういうことじゃないんですけど、われわれにとってはやっぱり七〇年代というのは、いろんな意味でスクランブル交差点だったんじゃないかなと思うんですよね。

落合　ええ、そうですね。

――落合さんにとっての七〇年代はどうだったんでしょうか。

落合　日経の連載でも書きましたけど、私は、本当にいつも「靴ずれ」のようなものを感じているんです。いわゆる青春時代には特にそういう靴ずれのような感覚はあると思うんですが、わりと小さいときからずっとあったような気がするし、じゃあ、いま、解消したかというと、いまでももちろん私の中には靴ずれがあって。

ここ十年ぐらい、括弧付きで「居場所」っていう言葉を、ある意味を含めて遣うことがあるんですが、私は自分の「居場所」ってどこにもないような気がしていたし、いまもそう。あるいは一つの「居場所」にほんの少しでも指先で触れたと感じた瞬間に、ここはやっぱり「居場所」じゃないんじゃないかと感じてきたような気がします。

その場違い感覚から解放されない私が、でも、ここはちょっと心を寄り添わせることができると思った一つは、いろいろな既成の価値観に異議申し立てをしていた六〇年代〜七〇年代の時空。あのときの〝揺れ〟そのものの中に、私の「居場所」の断片があるような気がしていたんですね。

で、その後出会ったものでは、フェミニズムの、あるいは多勢のフェミニストの中の何人かとの間に発見できた瞬時の共感。それも「居場所」のひとつかもしれません。もちろんイズムはイズムでしかなく、また流動的なものなので、共感といっても、ある日、ある時の表情でしかありませんが。

どうも私は静止をした状態とか、安定した状態とか、フィックスしたものとか、そういうものの中にいると、それだけでもう窒息しそうになってしまう。揺れている状況そのものを「居場所」と呼んでいるのですが。

――そうでしょうね。そういう発想の仕方とか考え方の中に、その当時の時代の精神ともいえるものがトグロを巻いているというか、そんな感じがあります。

落合　あるのかもしれないですね。意識しているわけではないのですが。

――いま、おっしゃった場違い感覚というようなこと、息苦しさというか、そういうようなものからも常に感じて、やっぱり自分の「居場所」がどこか違うところにあると思う。それがずっと永続的に続くんですね。

落合　そうなんでしょうね。だからきっと、ここが私の「居場所」と言えないまま、「はい、さようなら」ということになるのかな。将来のことを考えるって苦手だけど、そういう感じがします。

ただ、自分の外に「居場所」がなくていいんじゃないかとも思っています。職業とか、このクレヨンハウスという空間とか、雑誌を出すとか、それは私の「居場所」を確認するためのささやかなメディアかもしれません。で、あえて言葉にするなら、自分の内側に「居場所」があればいいとも思う。自分の「居場所」というと、つい外に在るそれを探しがちだけれど。

――やっぱりそういう「居場所」というのは、その時代の波をかぶったというのがもう一つあって……。

落合　ある意味ではそうでしょうね。

怒りを持っていなかった日は一日もない

――それともう一つは、軋轢というものに対して肩ひじをずっと張っておられたんじゃないかなと……。

落合　かもしれませんね。状況として、いつも肩ひじを張るというのはしんどいし、いつも怒りを持っているというのも疲れることだと正直思いますが、でも、いままで過ぎた日々を断面で見たときに、怒りを持っていなかった日は一日もなかったような。肩の力を全部抜くときって、眠っている間と、犬と遊んでいる時間とか、気のおけない仲間といる、その中のある時間とか。やはりどこかで肩ひじは張っていると思います。

　また肩ひじを張らなかったら、どこかで大きな波に飲み込まれちゃう、という不安があるのでしょうね。就職していたときもそうだったし、ものを書いているときもそうです。ある年代になれば、ある程度、楽な道ってわかる。でも、そっちの道を行っちゃったら終わりだよっていう想いが私の中にあって、あるときはそれがブレーキになり、またあるときはアクセルに、ずっとなってきたような気がします。

——そうですね。就職して五年ぐらい経てば、ある程度楽な道が見えますよね。

落合　少し見えますね。

——皆かすかにでも見えると思うんですけれども、やっぱり、ほとんど大半の人はそっちの方に流されてしまいます。

落合　何を楽とするかはいろんな考え方があるでしょうが、楽な道を行かれて、それで満足されるのも素敵だし、楽な道を追求していて、あるときそれが困難な道になることもある。それは人それぞれの生き方だし、選択というよりも結果としてそうなることが強いと思う。私の場合はスローガンのためでもプロパガンダのためでもないんだけれど、気がつくとわりとデコボコの方を選んじゃってる。広い方よりも狭い方を。もうこれ、括弧付きの「持病」かと自分で思わざるを得ない。

――話はまた戻るんですけど、学生時代というのは、やっぱりそういうふうにずっと肩ひじを張っていたのですか。

落合　どこに向かってそうしていたかは別として、子どもの頃からそうでしたね。

一つは、ここ（日経の連載）でも書きましたが、あえて差別的響きのある言葉を遣うならば括弧付きの「私生子」とか「てなしっ子」でした。で、私は、ただの子どもとして生まれてきたと思うのに、周りから同情されたり。同情というのも嫌なものですよね。「かわいそう」と見おろす感覚がある。それからもちろん、あからさまにあなたはみんなとは違う子よ、と言われることにも苛立ちがありました。そういう意味では、小さいときに、いまになれば幸いという言葉も遣えるかもしれませんが、世の中の構造の中にある歪みとか矛盾とか偏見のようなものを体感させてもらえた。

そういうふうに言うと、今度は大変な子ども時代だったのね、と言われるんですが、それも違って、もちろんおもしろいことがたくさんあり、喜びがたくさんあり、光がたくさんあり……。ただその光の、ある部分にちょっと影が差した、ということでの出生でしかなかったのです。

――そういうのもやはりいまと違って、昭和で言えば三十、四十年代には、そういう目に見えない差別って私はあったと思いますよ。実を言うと私の両親がちょうど小学校に入る直前に離婚していまして……。

落合　ああ、そうですか。

――私は母とずっと二人で暮らしていたんですよ。親戚に預けられたりもしていたんですけど。なにかのとき、いろいろ言われるわけですよね。言ってる人には悪気がなくても。あと、あなたのお父さんの職業は、とか、高校の受験のときに聞かれたりね。大学のときにも父のことを聞かれ続ける。

落合　そうですね。

――それと就職差別なども、やっぱりいま以上に歴然としてありましたね。

落合　うん。ありますよね。

――やっぱりそういうのもありましたし、私の卒業する頃までは興信所がちゃんと下宿に訪ねてきて……。

落合　ああ、ありましたよね。で、訪ねてきたというのを聞いて、そろそろ内定かなと思ったんですものね、こちらも。それで落ちちゃう場合もあったし。

――私はそれでいくつか落ちたと思っています。それで生きていくというのは、やっぱり、肩ひじ張っていないとやっていけない、というところはありますよね。

落合　ある部分そうですね。ささやかな体験だけど、私は一度、どこかの養女となり、それからまた祖母の養女になり、戸籍上は母の末の妹として登録されました。周囲は母の将来も考えて好意でしたことですが、同時に、偏見のある社会への対応として、そういった選択をせざるを得なかったのでしょう。そういう選択をせざるを得ない社会に対して、肩ひじは張っていました、たしかに。出生についての偏見があるなら、その他、もろもろの差別もあるんだ、と改めて実感したのが、二十一歳、就職試験を受けたときでした。

で、青春の書というと、じゃあ、それをバネにしていかに生きるか、というのがテーマになったりしますよね。私は、それをバネにして生きるのも寂しいという気がして。ずっと心の奥底に無念さを抱いて、なにかの瞬間に恨み節の一節を歌ってしまう……。それだけじゃ、社会に新しい風、吹かないな、と思うし、私の居心地もあまりよくない。私が望む方向、差別をなくしていく方向に、本当にささやかでしかないけど、私は何ができるかなと考えたとき、むしろ差別を超えようとする力が自分の中に生まれてきたと言えるかもしれません。

ただ、よく考えれば、矢面に立って、傷ついたのは私より母だったと思うし。そういう意味では子どもの私は、あっちも興味ある、こっちもあると気をとられることが他にもたくさんあって、それほど傷ついた記憶にはなっていません。

特別扱いをされる居心地の悪さ

――そのことに関連して、日経の連載にも書かれている自費出版の話がありますよね。私はこれはすごく感動したんです。だって六九年夏ですよね、六七年に深夜放送をなさって、ほぼ二年経ってですから。このときは印象に残っていますよ、落合さんの語りが。で、もうこのときには、いわばアイドルみたいになって……。

落合 そのちょっと前だったと思いますね。

――ああそうですすね。たちまちアイドルになったと思いますよ。

落合 なんか、あとずさりしたくなりますが。

――たしか、途中から出てこられたと思うんですね。そのときに、地方から見ていると、都会できらびやかに活躍されているように見えていた人に、こんな側面があったんだという衝撃を受けましたね。すごく意外なっていうのか、影の部分でね。ボーナスをぽんと自費出版に遣うというのは、なかなかできませんよ。まあ、若さかなというのを私は思ったんだけど、落合さんの人間的な、思いつめたというか、ひたむきなところがすごく表われてれていたように思います。

落合　なんだか、よくわからないけど、いつもやっぱり窮屈で、どこかで伸びをしたいという気持ちがあったことと、就職したのが民放ですから、ある種の芸能文化ですよね。そういうものに対して、どうしても溶けこめない私がいて……。それが、活字に対してより振子を振らせていったんじゃないかと思います。

――この中でも、どうしても書けなかったことがあったわけですね。だけど結局、二十年経ってようやく書くことができた……すごく衝撃を受けました。

落合　とっくにクリアしていると思っていた出生のこと、意外と引きずっていたんだなって、四十代になってわかりました。私の世代は自立とか、女性も男性と対等にとずっと言い続けてきて、七〇年代にヒットしたヘレン・レディの『I'm Woman』の歌詞ではありませんが、私は強いのよ、私はとっくに自立したのよ、何も引きずっていないわって、心の奥では私も思っていた。でも、四十代になって、まだ私は卒業していないことに気がついた。タフだと思ったけど本当はとても弱い。あるいは弱いから、強さを求めたのかな、と。

いまは、弱くてなぜ悪いの？　というふうにも思いますが、弱さに開き直るのもいやだし……。

——人間はみんなそんなに強くはないですよね。強い人間っていわれている人でも、やっぱり裏は弱いものであると思いますけど。

落合　でも、自費出版したとき、みんなに、もったいないって言われたんですよ。なんというお金の遣い方をするのかと言われた。

——それが、〝まとも〟な方の考え方だと私も思いますね（笑）。

落合　その頃、ボーナスは結婚の準備に遣うとか、そういう年代に入っていたんですよね。で、そういうものに対しても、私の中で抵抗があった。制度とか法律的に決められたものに対して、反射的に距離をとろうというふうになっちゃう。

——普通の人はあまり気に留めませんよね。だからこの箇所は、なにかこう、読みながらすごく考えさせられました。

落合　これは、とても気持ちよく書けたんです。

——そうだと思いますね。なにか力が抜けて書いたような感じがして。それまで、いくつか断片的に読ませていただいた限りですけど。

落合　ところで、さっきおっしゃった怖いおばさんということですが、メディアは一回レッテルをはるといつまでたってもそこで見ていくでしょう。私の場合二回ぐらい付けられた。一回目は「レモンちゃん」。優しいなんでも聞いてくれるお姉さんみたいですよね。あれも、とっても嫌で嫌で仕方がなかったけど。

で、それがなぜか一八〇度違う方向に行って、リブの闘士みたいに書かれた。そうすると、またそこを通して見るから、依頼される原稿の内容も女性論だったり、フェミニズムからこれをどう思いますかって。もちろん私はフェミニストだけれども、いろんな自分がいて、ひとりの私になっている。でも、ある部分を過剰に拡大して、あとはほとんど殺ぎ落としていく……。メディアの見方そのものも偏っているんだと、放送局に勤めていた頃、学ばせてもらいました。

――文化放送には、ちょうど約十年いらっしゃったんですね。

落合　そうです。

――文化放送での十年の中でのその居心地の悪さや疎外感っていうのは、どんなものだったんですか。逆に、すごいアイドルとして大手を振って歩いているんじゃないかみたいに、地方の高校生の私は思っていたりしたんですけど。

落合　そうですね。私もアナウンサーだったから、きっと私の中にもそういうものがあるのかもしれませんが、日々自己表現というか、ある種のパフォーマンスが求められる。で、求められることによって、自分の中の「私は、私は」という自己表現の欲望もさらに膨らんでいく。私は、あれに疲れました。

それは資質の問題だと思うんですが、私の中にはそういう資質がわりと希薄なんです。もちろんものを書くことだって自己表現だし、私はここにいますと手を挙げることなんだけど、手の挙げ方の方向がちょっと違うんじゃないかっていう想いもありました。活字コンプレックスだったのかもしれませんが。

あと、特別扱いをされることに対する、本当の居心地の悪さを感じました。当時は言葉にできなかったですが。周囲の人はみんなそれを求めて日々頑張っているわけで、それを一緒にスタートを切っていて、私がたまたまの偶然で手にした幸運のようなもので、特別扱いされたくないっていう妙に屈折した気持ちがありました。けれど、そちら側からの自己表現もうまくできない。そこで、私、傷ついてない、私、特権を充分楽しませてもらってるよ、それこそ大手振って歩いているよっていうような顔していながら、内心はもうずたずた。何度も倒れましたから、あの頃は。

体は丈夫なのですが、会社の自動ドアを一歩入った瞬間に体中にじんま疹ができたり。それで外に出た瞬間に消えちゃう。それから失声症。声が出なくなっちゃった。

三カ月ぐらいかな。肉体的にはどこにも問題がなくて、ストレスでしょうって。

当然ながら、小さい競争社会だと思いますから、だれかが一つのパイを手にすれば、だれかのパイが小さくなるか、食べられない。そういうことに対する周囲の苛立ちももちろんわかるし、だからといって、それも言葉で表現できない。気づかぬふりをして、私は平気よ、大丈夫って顔をして日々会社に通っていた。小さなことだけど、会社の同僚とかと食事に行きますよね。そうすると店に行列ができていて、待たされる。と、たまたまお店のあるじが放送を聞いている方で、「ああ、どうぞ先にお入りください」とか。トクしちゃった、とは思えないんです、そういう時。

それを楽しめたら、ずいぶん景色が違っていたでしょう。アナウンサーとか、もの書きも入ると思うけど、ある意味での自己顕示欲があるから表現しているわけですから、私の中にもないとは言えないけど、そのときは、どうしようって萎えてしまう。しかしそれを口にするのは、恥ずかしい。だから気づかないふりをして、笑っている。そして家に帰って、ふとんかぶって寝ちゃう。あれは何だったんだろう。もともとそうでしたが、非常に非社交的になりましたね、あの頃は特に。

―― そんなことを、ずっと私たちは知らなかったですね。すごい葛藤が陰ではあったんですね。

落合　それともう一つ学んだのは、当時、女性週刊誌が、会ったことがない人と結婚かと。何度かありました。事実を書かれるならまだ納得しますが、事実と違うことを書いて、それが商品として並ぶわけですよね。

そこで書く自由と書かれる側の「書かれること」を拒否し、反論する自由。あるいは表現する自由とされる側の権利についてかなり考えさせられて、いまメディアの中で仕事をしていながらも、これは書けないなっていうこととか、迷うことがあって、自分がされた側のひとりとして、仕事の姿勢としては非常に臆病になってる。

心にハマった『哀愁の花びらたち』

――実は、私もこの連載は最初から読んだんじゃなくて、一番最初に読んだのは『哀愁の花びらたち』のところなんですよ。本当に偶然なんですけど。『哀愁の花びらたち』というこの映画ね、私はこれを何度観たのかわかりません。

落合　ああ、ご覧になっていたんですね。ほとんどの人、知らないんですよこの映画。

――私はわからないんですよ、何度観ても意味が。それで、この日本語訳の本も買ったりして……。ついこの間まで持っていたんですが。

落合　原作の著者はジャックリン・スーザンさん、女性ですね。若くしてがんで亡くなったんですよね。

――その本は、震災で失くしたんです。で、きょうはちょっとお宝を、レコードを持ってきました。これは高校のときに熊本の水前寺のレコード店で買ったものですから、年季が入っていますが。

落合　そうそう、ディオンヌ・ワーウィックですものね。すごいですね、これを持っていらっしゃるって。パティー・デュークも出ていましたね。

――なんで私はこれを観たのかというと、パティー・デュークが出ていたからなんです。

落合　そう。で、パティー・デュークは『奇跡の人』で有名になった人で。

――その前に、日本ではファミリードラマみたいなので、すごく人気がありましたよね。それでファンになったんです。

落合　ああ、そうそう。他にシャロン・テートか。シャロン・テートは殺されちゃいましたね、マンソンの事件の被害者。

――偶然にこの連載を読んで、私もそのときにこんなに意味のあるものかと思いました。この歌詞をあらためて聞いたら印象的ですね。回転木馬を世の中にとらえる落合さんの感受性ってすごいなって……。

落合　私は試写室で観ました。この映画そのものはソープオペラですよね？　夢見て都会に出てきた女の子が恋をしたり仕事で躓いたりして、その中のひとりは、夢破れて故郷に帰っていく。そういう青春映画。だけどテーマソングと一緒になると、そうだ、私もいま乗っているこの回転木馬から降りなくちゃ、降りるなら、いましかない……と、試写室の暗闇で泣いたりした。

――私も映画館に観に行って、なにか打たれるものがありましたね。

落合　全然ヒットしなかったし、いま、同世代に聞いてもそんな映画、知らないって言われますが。

『「哀愁の花びらたち」のテーマ』のジャケット写真。

――私だってすごく何回も観ているんです。それは理由はわからないんです。私は映画青年でもなんでもないんで、わからないんですけども……。で、私は偶然にこの連載を目にしたときに、この企画があって、じゃあこの連載を全部読んでみようと思ってたんですけど……。実は、今回のインタビュー集の企画では、私なりの人選で多くの方々にお願いしました。白状しますが、落合さんは苦手なタイプで、当初眼中にありませんでした。しかし、先の自費出版の記事と、この『哀愁の花びらたち』の記事を思い出して、是非とも、お話を伺いたいと考えたのです。

落合 そうなんですか。私もこれは忘れられない作品であり、テーマソングです。

――歌詞でもね、この回転木馬に乗っているのであれば、そのまま乗り続けて一生終わるのかもしれないけれども、やっぱり降りるのはいまだって、まあ……。

落合 自分に突きつけられたような気がしました。人間っておかしいですね。この歌だって、いってみれば歌謡曲でしょう、アメリカの。日本の演歌を聞いてて、なあに、と思うのと同じような内容かもしれないんですよね、ネイティブの人たちが聞けば。なのにこんなに心に染みたっていうのは、何なんだろう。

――本当にそうなんですよ。で、その歌詞が、大仰に言えば、その後の落合さんを決定づけたのかな、というふうに思うのですが。

落合　かなり胸に染みましたね。

——なにか時代性っていうのがあるんじゃないでしょうか。やっぱり、異議申し立ての世代ですから……。

落合　ははは。

——「戦うのはいまだ！」とかね。

落合　あと、キャロル・キングの『ユーブ・ガッタ・ア・フレンド』とか。

——この頃、七六年あたりですけれども、退社して独立されて、そのときの雰囲気っていうのが意味があるのかなと思ったりもするんですけど。

落合　うん、そうですね。放送局では、やっぱり〝場違い感覚〟があって。周囲が求めているであろう私と、私のなりたい私の間の溝がどんどん深くなっていってしまって、このままだともうどうにもならないなと。あと、どうしても書きたいという想いが強くあったということもあったかもしれません。それから会社もなんとなく私のことをもてあましている、というのもわかりましたから。

——雰囲気でね。だから十年働いて、回転木馬を降りるのはいまだって思われたんですね。

落合　ええ、そうです。

――なかなかみんな五年、十年経つと、そういう踏ん切りがつかないですよね。

落合　私は年齢に対する感覚が鈍感なんです。自分がいくつだとか、年齢の前に「まだ」とか「もう」を付けて考えることもないまま、いままで来てしまった。

二十年目にしてプラスが出たときの戸惑い

――その後、独立されてクレヨンハウスを立ち上げられるわけですけれども、はたからはね、やっぱり、ああいいなというような印象ですよ。スタッフとかも多いと思うんですけれど、でも、経営者としては結構大変なものなんでしょうね。

落合　経営者としてはアウトです。

――だめだったんですか。

落合　本当にバツ。九九年で二十四年目ですが、プラスが出始めたのは二十年目から。

――ええっ、そうなんですか。

落合 だからずっと赤字経営というか、せっせと働いて……。クレヨンハウスも私の外側の「居場所」の一つだけど、「居場所」には結果的に二十年間なってもらえなかった。なぜなら、その「居場所」をキープするために、私は外で働かなきゃいけなかったから……。

——それも意外でしたね。二十年もそうだったんですか。

落合 ええ。本は、ご存知のように一冊売って二割しか入らない。あと、いい悪いは別として、私には運動体の体質があるから、たまたまそのとき持っている人間が出せばいいという形で、ずっとやってきちゃったので。続けることでしか答えは見えない、と。やめることもできたのに。〝ええ格好しい〟なんですよ、ダダダダーッと走ってきちゃったから、二十年目にプラスが出たときは反対に驚いちゃって。どうしようってみんなに言って、笑われた。

——まあ、普通は会社とか事業っていうのは五年ぐらいはだめだっていうふうには言いますけど、二十年ってこれは……。

落合 だってもう、習い性になっちゃったんですよ、マイナスが出るのが。当たり前になっちゃって。

それに、私はどこかで劣等感がとてもある。後ろめたさとワンセットになったそれです。会社にいたときも、「居場所」はここじゃないと思っているのに、少々スポットが当たっちゃった、という感じです。それからフェミニズムの活動の中に入っていっても、同世代の女性が手にする給料と、私の手にする収入は確実に違う。いつもそこで、本来、持ってはいけないものを手にしてしまったという「有罪」意識が働いて。出さなきゃ気が済まなくなってしまった。これも私のお金をめぐる持病の一つで、いまもって変わってないんですけど。だからクレヨンハウスも、赤字だ、大変、だとは考えなくて、じゃ、私が働こうっていうスタイルのまま来ましたね。

でも私のような者が経営者だと、会社は伸びないんだと思いました。だって努力目標がなくなっちゃうわけだもんね。だめだったら、足りませーん、で終わってしまう。で、それを変えなきゃいけないなと。出版活動もそうですが、仕事がいい仕事であるならば、やっぱりそこできっちりしたお金を手にしなかったら成り立たないものなんだっていうことを、恥ずかしながら二十年ぐらい経って、ようやく実感し、ようやく実行に移しつつある、というところです。

——それは意外でしたね。はたから見ればまったく立派にやっているな、いいなと。

私もいま聞きたかったのは、経営者としてはそういうふうに見られても、実はすごい血みどろの苦しみがあったんじゃないかなということですね。

落合 もちろんその場合、それぞれの場面で苦しんだと言えるでしょうが、それを苦しみというふうには思えなかった。反対にいま、え？ プラスでいいの？ ってあるもの。

――文化放送を辞められたときにね、いわばたんかを切って辞められたわけでしょうから、そうやすやすとは引けませんよね。

落合 マスコミとは寝ない、とかね。私は洋服とか宝石とか、そういうものには全然興味がないんですよ。気持ちがいいものを着たいというのはあるんですけど、そういうものにお金を遣いたいって全く思わないし、セカンドハウスも、私、掃除嫌だわ、めんどうね、で終わりなんです。

だから一所懸命働いて入ってきたお金は、私が気持ちよいと思うものに遣いたい。貯金することも悪いことじゃないけれども、貯金している間っていうのは図書館で眠っている蔵書と同じですよね。本って読まれて初めて本になる、お金も遣ってお金になるっていうのかな。

子ども時代、母と私の二人で、きっと貧しかったですよね。でも母も、貧しさを私に感じさせてくれなかった人なんです。いいか悪いかは別として。だけれど、ああ、貧しいんだなってあるとき気がついた。

そして、貧しさに気がついた子どもは、大ざっぱに言えば二つに分かれるのではないかしら。だからお金を残そうとする方へ行くか、なくてもなんとか生きていけるんだということを学ぶか。私は後者だったと思います。で、印税がこう、ぼーんと入ってくると、これは違うじゃないって感じる。そしてそれが、妙な形のコンプレックスになる。

だから、『スプーン一杯の幸せ』シリーズ……なんて恥ずかしいタイトルかと、いまは思いますが……で印税がいっぱい入ったときに、やっぱり遣っちゃおうっていうのがクレヨンハウスの誕生のひとつの理由ですから。で、遣っちゃおうと思ったときは、それでとんとんでもやっていけるかなと思ったら、とんとんどころかどんどん消えていく。えっ？　ない？　まだない？　で、一方、やりたいことがまた出てきちゃって広げちゃう。そういう意味では経営者としては本当に失格だったと思います。

いまは、ちゃんと数字を見なきゃいけないということを自分に課していますが、いまもって数字って、恥ずかしいけれど苦手です。最近ようやく決算書とかを、ああ、これはこういうふうに読んでいくんだなってわかるようになりました。二十何年経って、いまごろ言っているんですから、恥ずかしいことですけれどもね。

―― 会社経営の現実って、やはりなかなか難しいですよね。

「不可能」という言葉が背中を押す

落合 そんなの不可能よって言われるとやりたくなっちゃうんですよね。クレヨンハウスのコンセプトも、そんなの日本では存在し得ないじゃないか、と言われたことで、むしろ背中を押された。

それと、子どものいないあなたに子どもの本はわからない、と言われたことも、背中を押してくれた。これはかなり近い、同じような想いを持っている人たちから言われたこともあって、ショックがちょっと意地になってしまったのかもしれない。子どものいる人が子どものすべてがわかるんだったら、いまの子どもの問題なんて何一つ起きないじゃないって……。私自身そう思っていたし、また、女性で、ある年代を過ぎて子どもがいない人に対する、社会の偏見っていうものも、とても腹立たしかったということも、なにかそういう意味で全部が背中を押してくれちゃったんですね。

――やっぱりそういう世代でしたからね。

落合　そうですね。

――でも二十年も三十年も、そういういわば志を持って、それを持続していくというのは本当に大変なことですよね。

落合　大変でしょうか。わからないですね。でも、持続するっていうのはもうリズムになってしまうから、むしろ今度はもう一つの回転木馬ですよ。ただ、いつ降りるのかっていうのがもう一回来るんですね。いちおう会社組織ですから、代表取締役社長でしょう？　そうするといつまでいまの速度で走れるか、あるいはいまの体力があるかってことを考えると、わからないですから。いちおう私は五十五歳でと思っていたんだけど、いま五十四で、もう少し走れそう。でも、だれに手渡すかということも考えなきゃいけないし。私は十分おもしろがらせてもらえたし、とするならば、どこかでピリオドを打つか、あるいはグループにして共同経営していただくか、そろそろ決めなきゃいけないと思っているんです。でも、決めるのって面倒くさいから、ずるずる延ばしてきている。

――やはりこれは他の会社でもそうでしょうけど、創業者の心っていうのは、なかなか二代目には伝わりにくいものですよね。

落合　確かに難しい部分ってありますね。でも、ずれて当然なわけだし、同じ人間なんていないわけですから。で、違うもう一つの風が入ってくるというんだったらとてもいいけれど。ただ、こういうものを手渡すのって、大変な重荷になる可能性もあると思うと、どうしたらいいだろうと迷う。

そこで私は、じゃ、もし子どもがいたとき、ここやってねと言ったかと。いないから言えるんだと言われるかもしれないけれども、私は多分そうは言わなかっただろうという気がする。だから、子どもがいるかいないかでこれからの人生が変わるんじゃなくて、いてもいなくても、そろそろ次の世代を決めていかなきゃいけない時期が来ている、という実感に、いまは背中を押されています。

つくりあげたものを壊す勇気

――これでも、若い頃は三十代を信じるなと、ずっと思っていましたね。

落合　そうそう、あの時代、「Don't trust over thirty《ドント・トラスト・オーバー・サーティー》」って言ってましたものね。

――いやもう自分なんて三十どころか五十近くになって、若い世代からは信じられてないのかなと。逆にまた、上の世代の人たちには追いついていこうと走ってきましたが、後ろを振り向くとやっぱりなにかこう物足りなさを感じるんですよ。ちょうど私なんかは七〇年の大学入学ですから、まったく端境期の世代なんですね。

落合　そうなんですね。

――だから上の人は本当、すごく輝くように常に見ています。だから、ずっと上の人を追いかけていく。この業界に入っても追いかけ続けて。いつも私が一番若いというか……そんな気持ちがずっとありますね。

私らより下の世代というのはなかなか出てこないし、われわれを本当は超えているのかもしれませんけど、超える雰囲気というのかな、超えられるというそんな感じがしないというのもありますよね。

落合　ああ、なるほどね。

――逆に上の世代には、ついに追い抜けないという感もあります。

落合　そんなことはないんじゃない？　上の世代見ててすごいなと思う時があるけ

れど、みんな同じようなものを抱えてばたばたしているのかもしれないですね。

――いや、今回ずっと皆さんにお話聞いててね、やっぱり私らは追い抜けないなというのは感じましたよ。私らは知識人でも何でもないですし……。

落合　世代の話が多かったですが、世代ですべてが決まるわけでもないしね。世代論って、ちょっとセンチメンタルすぎるでしょう？

――ちょうど先日中村敦夫さんにお話をうかがったんですけど、中村さんはもう来年還暦だとか言ってらっしゃったんですけど……。

落合　若いですね、中村さん。

――なにか圧倒されましたね。

落合　燃えているでしょう、彼は。

――そうなんですよ。もう圧倒されましたよね。中村さんは七〇年頃に俳優座で叛乱を起こされて、やっぱりあの世代というのは、私らは超えられないなというのがありますよ。スケールが違いますね。

落合　中村さんはそうだと思いますが、世代だけでくるのはやはり窮屈でしょう。ただ個人としては、みんなそれぞれいっぱい傷もあれば、失敗もある、笑っちゃうようなこっけいさも持ってたり、あるいは自分が否定している権力と同じような体質を自分が持っているって場合もあるわけだから。上の世代だと、どこか見上げる感覚が先行して、そういうメガネをかけて見ちゃうこともあるのではないでしょうか。

――だから、いまの団塊の世代の人たちというのは、よくリストラの矢面とかに立たされているんですけど、あれだけ世界をどうのこうのとか言っていた人たちが、そのまま黙して終わるのかというのを、私はいまでも思うんですよね。

落合　いろんなところに散らばっていって、多くの彼らはすでに、ある種の選択権や決定権を持っているはずだけど。個人でとらえなければいけないところを世代論にスリップしたりということもあるんじゃないかな？　私はどういう形であれ、人をマスとしてとらえるのって、ちょっと危険というか、本質が見えなくなってしまうのじゃないか、と思うときがあります。

――でも、私が一つあの時代から学んだことがあるとすれば、一人になっても最後まで戦うと。戦うといってもいろんな戦い方があるでしょうけど。だからまあ、私はいま、幸い出版の仕事をやれています。スタッフは十数人程度なんですけど、仮にそれが不景気になって一人になったとしてもやっていこうと思うのは、最初の出発点に、ちょっと汚い話ですけれども、便所紙を使ってでも本を出すんだという、そんな気持ちがあるからです。本当は、サラリーマンをやってそのまま回転木馬に乗っていれば、まあそれはそれでよかったのかもしれませんけど……。

落合 私も一生安定とは無縁でしょうし、安定したくないという気持ちが強くあるのは確かです。

――日々の暮らしだとか現実の厳しさの中で、ともすれば最初の志を失いがちですが、手前味噌ですけど、私がこの世界に入って本当にやろうとした志、やっぱり最初の思惑どおりいっていませんし、実際やりたいようなことも本当は百分の一もやっていないのかもしれませんが、だけどもそういうのがちょっと学べてよかったかなというのはありますね。

落合 ありますよね。それとしみじみと思うのは、自分の価値観を確立し、維持していくのももちろん大事なことだけれど、一方で、自分が一回つくりあげた価値観が自分に合わなくなったときに、それを壊す勇気が自分にあるか、ということも問いかけていたい、もちろん私自身にですが。つまり組織もそうだし、思想もそうだと思う。私はいまもフェミニストだし、フェミニストだとかフェミニズムに対する社会の偏見とか誤解というものとも、もちろん向かい合っていきたいし、伝えたいって想いはある。私の考えるフェミニズムとは、性別はもとより、個人が国籍や人種や、その他諸々の条件や状態で分断されたり、等級付けされない、社会と人間関係への考え方と、その生活化のことです。でも一方で、さっき言ったように「イズム」は「イズム」でしかないとも思う。そういう意味ではどこか心の奥底に、無常感というか、遣いたい言葉じゃないけど「ニヒリズム」もある。ニヒリズムもイズムだけど。「イズム」は硬直化した時、終わってしまう。明るい絶望感というか、そういう感覚はいつもあります。絶えず人は変化し続けているものだから。じゃ、何が終わらないかっていうと、人と人のつながりでしかない、とも思う。それも瞬時の積み重ねですよね、関係性は。それが、自分に合わなくなったとき、そこを飛び出る勇気が私の中にあるか？　それこそが、いまの私のテーマかもしれない。だからずっと回転木馬なのかもしれない。

――それがこのエッセイの中でね、こんなに何かにもがいているってところが共感できますね。あの『スニーカーズ』の話なんか、あれなんか本当、夢と現実の狭間でもがいていた、かつての自分のことを書いているんじゃないかとか思ったりします。

落合　どうかな、よくわかりませんが。壊すことができるか？　と自分に問いかけ

『スニーカーズ』（講談社刊）

ていきたいとは思ってます。自分との約束というか……。

——ただ、昔の話ばかりしても仕方ないんだけど、壊すというのは、あの時代、既成の価値観を壊すということが一つの大きい戦いであったわけですね。

落合　で、たぶんあの時代の「壊す」は、「みんなで壊す」だったんでしょう。少数派ではあるけど少数派の中のみんなで。みんなで壊すことも、もちろん大変だったと思いますよ、いまの時代だってそう。でも自分が自分を壊せるか。内部から壊せるか、ひとりでも壊せるか、少なくとも壊す志はあるか、ということの方が、もしかしたらもっと大変な、かつひそやかな闘い、という気もします。

［あとがきにかえて――］

俗っぽい青春論をブッとばせ！

――時代は変わっても、「俺たちが欲しいのは」「新しい世界さ」「新しいおまえさ」

インタビュアー　松岡利康

一

本書のタイトルは、いささか気恥ずかしいタイトルではある。また俗っぽい青春論かい、という向きもあることは重々承知のことだ。しかし、本書を一読いただければ、そこいらの俗っぽい青春論とはちょっと違うことがわかるだろう。

私は一九五一年生まれだから、いま四十八歳であり、いわばリストラ世代でもある。社会ではお払い箱になりかねない世代であり、上り坂の若者と違い、下り坂のオヤジである。言うまでもなく青春時代ではない。むしろ青春時代を振り返って、第二の人生を考えなければならない世代なのかもしれない。もうわれわれの時代は終わったのかもしれない。しかしながら、私たちの子どもらがいまや青春時代を迎える中で、なにか若い世代に語らなければならないような気がする……。

この本は、かねてから私が気になっていた人たち（すべての方々が私よりも年長者になるが）に、せめて五十歳になる前に、いちど会ってみたいという単純な動機から企画した。私が大学に入る頃（一九七〇年）から、その名を記憶している方（筒井康隆、中村敦夫、落合恵子の各氏）もあるから、それだけ見ても、ずいぶんと頑張っておられることがわかる。私たちの出版社が小さなことや、時に悪名高いこともあってか、多くの方々に交渉したが難行し、ようやくこの五人の方々にお引き受けいただくことができた。

わが国がひとつの時代の過渡期にあった激動の時代、一九六〇年代から七〇年代にかけて、時代の波に共に翻弄されたという意識、共にほぼ同じ時代を見つめてきたという意識から、どうしても聞きたかったことがあった。ある方にとっては陳腐なこともあったようだ。また、ある方にとっては、実に失礼なことをお聞きしたかもしれない。しかし、さすがに世に名をなす方々の懐は深いように感じた。だからこそ、多くの人々を惹きつけるのだろう。そうした質問にも、快く答えていただいた。

一番シンドイなと思っていた落合恵子さんとのやり取りが、逆に一番噛み合ったのは意外だった。これはなぜなのだろうか？　活動する場は違っても、時代の移ろいの中で、見てきたこと、考えてきたこと、苦しんできたことの断片が似ていたからだろうか。無名の徒の私ごときが言うのも僭越だが――。それにしても、本文の中でも述べられているが、『哀愁の花びらたち』という、まったくヒットどころか話題にさえならなかった映画を、互いに違う状況で観て共感していたというのには本当に驚いた。

いま、二十一世紀に向けて時代は過渡期にある。この中で、多くの人々、とりわけ若い人たちが、自身の方途を求めて迷いさまよっている。例えば、大学を出ても自分の希望する仕事に就けないことを真剣に悩んでいる若者がいるかもしれない。大丈夫！　この本に登場する五人の内四人の方々は、現在の仕事とはまったく違うサラリーマン生活や公務員を経験されているし、この経験は後々にも無駄ではなかったという。

ところで、この五人の方々にお会いし、お話をうかがって、予想に違わず、刺激的な時間を過ごさせていただいた。やはりみなさんすごい人生を送っておられ、その経験の持つ迫力のようなものに圧倒された。これまで、長い期間、出版の仕事に関わっていながら、想起すれば、こうして名のある方々にお話をうかがう機会を持つことは不幸にしてなかった。年甲斐もなく緊張した。生来の口下手に加え、緊張のあまり、陳腐なこともたずねたりで、いささか非礼な場面もあったようだ。この場を借りてお詫びとお礼を申し上げたい。

二

私ごとき無名の徒が、自身の若い頃を語るのも僭越だが、他人に聞いてばかりいないで自分のことも晒け出せという声も聞こえてきそうだから、少し触れておこう。

私は一九七〇年に、京都の同志社大学に入学。学園闘争や七〇年安保闘争も一段落しつつも、まだ時代は熱かった。この〈七〇年〉という年は、いろんな意味で歴史のスクランブル交差点だったように思える。いわゆる団塊の世代のすぐ下であり、「遅れてきた青年」(大江健三郎)ではあったが、いつも迷いながら、ほとんど学生運動に明け暮れた学生時代だった。活動家としてとりたてて優秀だったわけではなく、また理論家でもなかった。いまでも伝説的に名を残している方々と違い、まったく無名の一兵卒にすぎなかった。

だから、私にとって青春時代を語るとき、よきにしろ悪しきにしろ学生運動のことを抜きにしては語れない。明るいキャンパス・ライフなどとは遂に無縁であった。〝政治の季節〟が一段落したとはいえ、三里塚闘争や返還前の沖縄闘争、そして大学では学費値上げ阻止闘争と、われわれの前にはいつも闘いがあった。一般には、学生運動の一番の高揚期は六八年から六九年とされるが、実際には七一年に沖縄闘争(返還協定調印—批准)、三里塚闘争(第一次、二次強制収容)、全国学費闘争などで再度の高揚を迎える。京都市のド真ん中、祇園石段下で初めて市街戦が行なわれたのはこの年だった。いまや若者の街と化した渋谷界隈に巨万のデモが繰り広げられ、また「大暴動」などといって戒厳令下にし、火焔瓶が飛び交ったり、日比谷公園の松本楼が焼き討ちされ、遂には破防法が適用されたのもこの年だった。いまの渋谷や日比谷公園の風景からは想像もつかないことだ。こうした闘いの波を最終的に収束せしめたのが、かの連合赤軍事件であった。その後、学生運動は、かつての高揚が嘘のように壊滅していくから、私たちは、学生運動が学生運動だった最後の世代かもしれない。

そうした意味で、立松和平さんの『光の雨』や落合恵子さんの『スニーカーズ』には、とりわけ惹かれるものがある。どちらも闘いの状況描写がリアルすぎる。その時、中央の放送局の花形ＤＪだった落合さんが、これほどまでに闘争の局面を見ていたのか、変なところで感心した。

時代の波は、潮の満ち引きのように移ろった。その狭間で私たちは呻吟した。当時の私の気分として、若くして逝った作家・桐山襲の作品『風のクロニクル』の中に次のようなフレーズを発見した。——

「或るとき或る者は闘い　別のとき別の者は闘った　だが　潮のひいた後に闘った者こそ最もよく闘った者だ　潮のひいた後に闘った者こそ　最もよく闘った者だ」

また、当時の私の生活は、同志社の大先輩の詩人・清水昶の次の詩のようだった。

「不世出の革命家に興味を持った一人の貧乏学生は　ひどく暗い京都の下宿で汗のふとんにくるまりながら　やたら赤線をひっぱっていた　ついには革命的情熱とやらの蜘蛛の巣のような赤線にひっかかり　くるしんでいる夢をみた　ほそい肉体をおしながら漆黒の海流　亡命舟は灯を求めて盲目の舟首を軋ませつづけた」

（『トロツキーの家』より）

かつて京都は学生の街といわれていた。同志社、立命館、京大を中心として学生人口は七、八万人いたはずだ。途方もない学生の熱気があった。いま、時代も移り、学生の街・京都を代表していた同志社大学や立命館大学も郊外に移転し（なんと奈良県境や琵琶湖畔！）、京都は学生の街ではなくなった。学生運動もほぼ壊滅したから、『トロツキーの家』に書かれているような学生もいなくなったかもしれないが、私にとっては、これまで「革命的情熱とやらの蜘蛛の巣」にひっかかり「くるしんでいる夢をみ」続けてきたように思える。いつまでも「漆黒の海流」を「灯を求めて盲目の舟首を軋ませつづけ」ているのかもしれない。

先日、久しぶりに京都に行った。われわれが拠点としていた学生会館は、まさに〝強兵《つわもの》どもの夢の跡〟のようにひっそりとしていた。「暗い京都の下宿」は、真新しく建て替えられていた。いくつもあった小さなジャズ喫茶などもなかった。高野悦子の『二十歳の原点』や倉橋由美子の作品に出てくる『しあんくれーる』という伝説的なジャズ喫茶も見つけることができなかった。キャンパスの周りの喫茶店も多く閉めていた。「不世出の革命家に興味を持」つような「貧乏学生」の姿を、遂に京都の街に見つけることはできなかった。そんな中で、長年、京都の学生やインテリに圧倒的に支持された寺町二条の三月書房はまだ健在だった。かつてここでトロツキー選集を買った記憶があるが、この種の本はもうなかった（それでも、品揃えが秀逸なのは昔のままだった）。

ちなみに、本書の編集を担当している黒田郁は九〇年代半ばに京都で学生時代を過ごしたのだが、まったく偶然にも、二十年後に、私が過ごした「ひどく暗い京都の下宿」と同じ所（数年前に建て替えられたという）にいたという。こういうのをなんといえばいいのだろうか。

三

ちょっと話の本筋から逸れてしまったかもしれないが、かつて学生運動華やかりし頃も、〝イデオロギーの時代〟が終焉したいまも、実は私たちはいつも「漆黒の海流」を「灯を求めて盲目の舟首を軋ませつづけ」てさまよっているのかもしれない。青春時代とは、いつにそういう時代なのだろうか？　私たち（―より上）の世代は、政治闘争や学生運動に挫折した者が多い。また、これをバネにしてのし上がっていった人もいる。最近テレビによく登場するタレントのテリー伊藤が、カルチェラタン闘争という警察・機動隊との攻防戦で目を負傷したという話はあまりにも有名である。そうした中で、「革命的情熱」のひとかけらを見つけ、それを持続させていった人たち、政治闘争や学生運動に関わったかどうかは別として、本書に登場された五人もそうした方々のように思える。

一九七〇年——確かに時代はスクランブル交差点にあった。政治も、文化も、音楽も、ファッションも、すべてのことが……。社会のあらゆる分野で「異議申し立て」ということがいわれ、またなされた。中村敦夫さんの俳優座での叛乱など象徴的な事件である。この時の劇のタイトルが『はんらん狂騒曲』というのだから意味深だ。これに『家政婦は見た』シリーズの市原悦子などが加担していたというのも時代を感じさせる。いまでは考えられない出来事である。「こんな演劇じゃダメだ！　新しいわれわれの演劇を！」というような発想の叫びが、演劇に限らず、社会の至るところでなされた。

この年、いまではその面影もないが、吉田拓郎が『古い船をいま動かせるのは古い水夫ではないだろう』というLPを自主制作に近い形で出している。このタイトルは、中に収められた『イメージの詩』の一フレーズから採っており、後にその『イメージの詩』でデビューすることになるが、私はこの長い曲の中の「闘い続ける人の心がだれにもわかるなら、闘い続ける人の心はあんなには燃えないだろう」というフレーズに本当に感動したものだ。吉田拓郎のデビュー曲が『イメージの詩』だということを知っている人も少ないと思われるが、実に時代性を感じさせる。私はいまでも、この曲が彼の最高傑作だと思っている。

二〇〇〇年――七〇年から三十年、二十一世紀を目前にして、世紀末も世紀末、時代はやはり過渡期にある。七〇年とはまったく違った意味合いで……。

私たちは、過渡期の「蜘蛛の巣」にひっかかりながら、やがて新たな時代を迎えようとしている。こうした中で、迷い道にさまよって悩んでいる若い人たちに、私たちが精神主義的な青春論や、俗っぽい青春論をのたまわっても無意味なのは言うまでもない。

かつて地方から出て来て大学に入りたての私が身震いするほど感動し、真にカルチャー・ショックを受けた、やはり同志社大学の大先輩で「フォークの神様」といわれた岡林信康の隠れた名曲のフレーズを贈ろう。――

「いくらブタ箱の　臭いまずいメシがうまくなったところで
それで自由になったのかい
それで自由になれたのかよ

そりゃよかったね　給料が上がったのかい
組合のおかげだね
上がった給料で一体何を買う
テレビでいつもいってる車を買うのかい
それで自由になったのかい
それで自由になれたのかよ
あんたの言ってる自由なんて
ブタ箱の中の自由さ
俺たちがほしいのは
ブタ箱の中での
より良い生活なんかじゃないのさ
新しい世界さ（お前さ）
新しい世界さ（お前さ）」

（『それで自由になったのかい』より）

久し振りにこの曲を聞く機会があった。かつて持っていたレコード盤は失くしていたが、これが収録されている伝説的なアルバム、岡林信康フォークアルバム第一集『わたしを断罪せよ』がＣＤ復刻版になって発売されているのを知ったからだ。三十年前の感動が伝わって来る――。泉谷しげるが、師と仰いで、山奥にひきこもった岡林をはるばる東京から尋ねていった時の気持ちがわかるような気がする。

二〇〇〇年のいま、青春時代を送っている人たちは、三十年前と時代性が違うだけで、厳しい時代を悩みながら、さまよいながら生きているという点では本質的に同じである。そうした中で、本書がなんらかの参考になれば幸いである。

また、本書は、いま青春を送っている若い人たちだけでなく、ここに登場された五人の方々や私などと同じ時代に在った人たちにも是非とも読んでいただきたいものである。いま、リストラなどの矢面に立たされているみなさんが、かつてラジカルに「異議申し立て」をし、社会を震撼させた、あの勢いを想起していただきたいと心より願う。

本の「あとがき」としてはいささか特異なものになってしまったが、どうしても記《しる》しておきたかったので、お許しいただこう。私たちの「青春放浪」（立松作品名）は、まだ終わってはいない――。

この人に聞きたい青春時代

2000年2月1日初版第1刷発行

編　者：鹿砦社編集部
発行者：松岡利康
発行所：株式会社 鹿砦社（ろくさいしゃ）
〈本社〉西宮市甲子園高潮町6-25 甲子園ビル3F
TEL 0798-46-6823　FAX 0798-43-1373
〈支社〉東京都新宿区西五軒町8-10 臼井ビル6F
TEL 03-3269-0990　FAX 03-3269-0991
URL http://www.rokusaisha.com/
E-mail 営業部◎sales@rokusaisha.com
編集部◎editorial@rokusaisha.com
装　丁：西村吉彦
製　作：株式会社 ムックハウスJr.
印刷・製本：共同印刷 株式会社

日本音楽著作権協会（出）許諾第0000004-001号
ISBN 4-8463-0367-5 C0095 ¥1000E